六人の嘘つきな大学生

六個說謊的大學生

淺倉秋成 著
楊明綺 譯

目錄

好評推薦

「一部設計感極強、卻又相當貼近你我生活體驗的作品，隱瞞祕密、揭人瘡疤、設局構陷，濃厚的惡意藏匿在哪個狀似無辜的大學生內心？穿透表象看到的將會是……隱身其後的主題有意思，尤其在高壓緊張的日本社會，帶點掙脫束縛的療癒感。」

——冬陽，推理評論人

「二〇二二年至今最讓我驚豔的日本推理傑作！既為特殊『就活』文化的狼人殺遊戲，更是反映社會扭曲生態的密室大逃殺。淺倉秋成一次次成功布下令讀者眼鏡碎滿地的『神伏筆』與『大逆轉』，盡顯鬼才風範。故事在勵志與暗黑之間巧妙地翻轉，竟輕易操弄我們對同一個角色、同一件行為產生迥然不同的情感。這本書有多棒？將湊佳苗《告白》與朝井遼《何者》兩大名作的優點擷取起來相互融合，就是《六個說謊的大學生》了！」

——喬齊安，臺灣犯罪作家聯會成員、推理評論家

「Z世代的求職路，憑藉的不再只有紙上閱歷。人們所作所為，如同被裝上一只搜索的放大鏡，此處彼處，牽一髮動全身，成了蝴蝶效應。這本小說以『求職活動』道出複雜人心，真相之前，過於美化了軟弱恐懼；真相背後，顯示現代人無處安放的自卑不安。那些無法為人所道的真實，多半夾雜了不堪與悲鳴，誠如書裡所寫『從地球只看得到月球正面，看不見月球背面，月球背面會是什麼樣子呢？』——你是一個怎麼樣的人，就會看見怎麼樣的世界；而你的價值觀，也將成為你心底所相信的那份真理。」

——黃繭，作家

要說那是一段不值得再提的往事，也許是吧。

但我無論如何都想再次真摯面對「那起事件」，那起有如謊言般愚蠢，卻又無比真實的事件。我將二〇一一年求職活動時發生的「那起事件」調查結果彙整於此；雖然清楚知道犯人是誰，但事到如今，也不打算追究了。

我這麼做只是想知道那天的真相。

不為別的，純粹為了自己。

波多野祥吾

第一章

求職考試

EMPLOYMENT
EXAMINATION

六個說謊的大學生
六人の嘘つきな大学生

1

「最終選拔考試採取小組討論的方式。」

我之所以不由得微笑，並非出於開心，而是如果露出不悅表情，肯定會給人事主管留下不好的印象。可以的話，真想仰天嘆氣。

放心、放心，只要進入最後一關，再來就是和高層主管見面、打聲招呼就結束了，等同於拿到內定資格。祥吾，恭喜啦——我可不會傻傻相信社團學長這番不負責任的話。畢竟還有一關讓人有點壓力的面試，我早就有搞不好得連闖兩關的心理準備了；但聽到最後一關採取小組討論，這般完全出乎意料的宣布，只能說不愧是「Spiralinks」。

其他學生又是什麼樣的反應呢？我當然好奇，卻不覺得東瞄西瞅是什麼好計策，畢竟哪怕是個小動作，都可能讓自己累積至今的評價暴跌。我進入會議室後，從沒搔過一次臉頰，雙手始終握拳置於膝上，並不是從小儀態良好，而是不想因為無謂的理由，丟掉只差幾公尺便能通往勝利組的門票。

人事部長鴻上先生一身海軍藍西裝搭配淺咖啡色皮鞋的裝扮，宛如崇尚自由風氣的公司代言人。隨著面試一關關晉級，鴻上先生的時尚風格也漸趨休閒，如此明顯的改變應該不是我過於敏感，看來人事部似乎逐漸對我們這些求職者展露公司內部實情與日常情況。

鴻上先生似乎很在意手上戒指的位置，隨手調整一下。

「不過，不是在今天進行小組討論，」露出優雅笑容的他說，「而是一個月後，也就是四月二十七日，小組成員就是目前在會議室裡的六位。議題是類似我們公司目前正在處理的案子，想聽聽要是各位的話，會如何處理，就是這樣的方式。」

只見另一位和鴻上部長並排坐著的人用力頷首，應該是他的部屬。是我太敏感了嗎？總覺得管人事的都一派高高在上的樣子；就某種意義來說，他們不但是帶領我們闖關至此的指導員，也是操持生殺大權的各層級主管，所以他們排排坐的模樣，有如記錄我們一路走來有多麼險峻的血淚史。

因為會議室是玻璃隔間，可以窺見外頭忙著工作的 Spiralinks 員工們，宛如一場櫥窗秀。光是感受他們的一舉一動就讓人意志高昂，內心湧起絕對要加入他們的熱情。最裡面有一處可以邊玩桌遊、射飛鏢，邊開會的特殊空間，還有與一流咖啡店合作，可以喝杯咖啡、放鬆一下的休憩處，以及即時顯示 Spiralinks 會員人數的電子顯示板，一切如同在徵才宣傳手冊上看到的寬敞空間。

只剩一步了。再一步，就能在這裡擁有自己的位子。我那頻頻出汗的手在西裝褲上擦了一下。

「你們放心，」鴻上部長用低沉嗓音說，「就本質意義來說，這和第一關、第二關舉行的小組討論不一樣，畢竟刷掉超過五千名學生，才選出你們六個人，所以這次的小組討論絕對是最後一關，而且極有可能根據小組討論結果，讓你們全都拿到職位內定資格。不過，我們不希望你們在不了解彼此特性、學經歷、缺點，害怕傷害對方的情況下進行小組討論，而是希望你們彼此澈底了解，除了盡己所能，發揮個人優點之外，也要互相截長補短，打造出默契十足的團隊，這才是小組討論的意義。」

鴻上部長迅速整理攤放在手邊的資料，準備離開。

「我再說明一次，小組討論訂於一個月後的四月二十七日舉行，請在那天之前打造出最棒的團隊，如果表現不錯的話，六個人全都內定。由衷期待當天可以看到成為最強團隊的你們，也期盼與各位共事。」

❖

Spiralinks的辦公室位於澀谷車站前，某大型商業大樓的二十一樓。一步出辦公室就有種解放感，連混雜著廢氣的外頭空氣都覺得新鮮。以往我總是深呼吸後鬆開領帶，和其他學生談笑，今天卻沒這心情。因為小組討論正式上場前，我們必須碰面，還被要求打造出默契十足的團隊；雖然這種選拔方式相當特殊，但真正的仗肯定從現在才開始。

「大家待會兒沒事吧？」、「我沒事」、「我也是」、「想說討論一下比較好」、「就是啊」、「找個地方稍微討論一下吧」、「記得附近有間家庭餐廳，就去那裡吧」，大夥兒像在跟時間賽跑似地，你一言，我一句，只花了二十秒左右就敲定。是因為擔心若自己跟不上其他人，會成為一大致命傷嗎？就在眾人被這般強迫觀念催逼著走向家庭餐廳時，我察覺其他五人之中有張熟面孔。

「你是嶌小姐嗎？」

我帶著有點期待又極力克制的微笑，詢問走在最後面的嶌小姐。

「果然是波多野先生呢！我走進會議室時就認出你了。但想說一直盯著你看不太好。」

「不好意思，我完全沒察覺。畢竟還沒公布結果，沒想到還能再碰面。」

「就是啊！好高興哦。」

我和嶌小姐是在約莫兩週前，Spiralinks 第二次面試時認識的。面試結束後，五個人在附近的星巴克聊了近一個鐘頭。那時大夥兒半開玩笑地說希望公布結果時還能見面後，便如鳥獸散了。所以能再見到嶌小姐，真的很開心。

我配合她的步伐走著，也提醒其他人走慢一點。嶌小姐不好意思地向我道謝後，喝著從包包掏出的一小瓶茉莉花茶，然後一邊扭緊瓶蓋，喃喃自語似地說：

「一路闖關至此，要是一起錄取就好了。」

不知是望向天空，還是凝視著哪一棟大樓的高樓層，只見她那閃閃發亮的眼瞳是如此純粹。

個子嬌小、膚色白皙的嶌小姐，看起來就是那種出門必撐陽傘，氣質高雅的女性；但之前和她聊了將近一小時，便能充分感受到她那深藏的衝勁與行動力，以及明快清晰的思路。有些人就算是一頭黑髮搭配黑色西裝的標準求職裝扮，但一看就知道是那種喜歡不按牌理出牌，凡事求快的人；不然就是西裝不合身、黑髮染得不太自然、眼神空虛茫然，可以挑剔的細節不勝枚舉。總之，就是沒個求職樣。

但是嶌小姐不一樣，看起來就是如此自然、完美的求職生模樣。因為她的口氣絲毫不造作虛假，讓我也能率直吐露真心。

「我們一起錄取吧！」

「希望囉！好像在做夢哦。」

紅燈亮起。走在最前頭，體型格外壯碩的男學生焦慮地盯著前方，其他學生也一副等得不太耐煩似地原地跺步。包括我在內的六個人，有如沐浴在陽光下的青竹般，毫不遲疑地挺直背脊。

「Spiralinks」於兩年前，也就是二〇〇九年推出名為「ＳＰＩＲＡ」的社群網站，旋即以迅雷不及掩耳的速度，擄獲十幾歲到三十幾歲年輕世代的心，巧妙攫住那些不喜歡「mixi[1]」淪為青少年八卦、打屁的軟爛風格，或是對於臉書容易曝

1. 日本最大的社群網站，尤其對日本青少年來説，已經成為日常生活的一部分。

光個人隱私這點十分恐懼的族群，會員數瞬間衝破一千五百萬人。身為後起之秀的「ＳＰＩＲＡ」除了保留當前社群平臺的各種服務，也以交流功能為重點，蒐羅各種讓人自然想加入的內容。更重要的是，這間公司從企業標誌、官網設計、提供的服務、相關合作企業等，皆標榜全方位、時尚、走在流行尖端，也是它的一大魅力。

經營「ＳＰＩＲＡ」的Spiralinks股份有限公司做好充足準備，今年開始招募社會新鮮人，光是這消息就令人興奮不已，更叫人瞠目的是，他們開出破天荒的起薪五十萬日圓，畢竟是正職員工不到二百人的新興企業，儘管招募人數只說是「若干人」，依舊吸引眾多學生報考。方才聽鴻上先生說，報考人數超過五千人，所以必須過關斬將好幾回也是理所當然。

從上網投遞報名表開始，經過統一測試、提交正式履歷表，總算進入第一次團體面試，接著是第二次團體面試、第三次個人面試，最後只剩下——

我們六個人。

無怪乎嶌小姐會說好像在做夢。

要是能夠順利錄取，人生就此改變，這說法一點也不誇張。

「有六個人的位子嗎？」

打頭陣詢問的是長相俊秀到吃演員這行飯也沒問題的男學生。只見他在等候板寫上「Kuga」，簡直完美到令我頭暈目眩。那張帥臉，名叫「Kuga」，感覺光是這樣就會被三十間公司錄取。

服務人員安排我們入座後，Kuga 一句「我們先點東西吧」讓大家同步各自盯著菜單，要是猶豫不決的話，恐怕會被認為是判斷力差的人吧。如果點聖代的話，是不是和商務人士形象不符呢？點飲料吧的話，也會被認為是不懂成本管控的傢伙。

「要點飲料吧的人，舉一下手。」

Kuga 這麼問時，有人笑出來。好奇發生什麼事的我一抬頭，瞧見從剛才一舉一動都格外醒目的大塊頭男生浮現一抹苦笑。一頭霧水的我剎時怔住。

「沒事……只是覺得我們太緊張了。明明是在家庭餐廳。」

聽到這句話，我這才發現我們個個神情緊繃，像在等待面試似地正襟危坐，活像領獎狀般緊抓著菜單。

Kuga 笑著說：

「要點飲料吧的人，舉一下手……看來沒有呢！」

「還真的沒有呢！這氣氛好像國會現場。」

大家都笑了。這一笑，讓我們總算察覺自己的精神狀態不尋常。

「那就點自己想吃的吧。」眾人接受大塊頭男這個非常妥當的提議，各自點選自己想吃的餐點，服務生微笑著逐一筆記。頓時從緊張感解放的 Kuga 提議輪流自我介紹，大夥兒贊同。

「我先開始吧。」

Kuga 就連做個恭謹舉起右手的動作，看起來都像在拍電影。他那深邃五官、微粗雙眉襯托出凜然的氣質，不會臭老得讓人聯想到昭和時代的明星，而是現在隨處可見，令人嘆服的好青年模樣。原來 Kuga 姓「九賀」，名叫「蒼太」，這名字讓他更顯完美。

九賀蒼太。是因為這完美的名字讓他長得如此俊俏？還是為了配得上這名字而不斷精進自身呢？

「我就讀慶應大學綜合政策學系。」

簡直完美到讓人忍不住想鼓掌；但顯然他並非僅靠外表、學歷被選上，而是無論應對進退、眼神都非常有禮爽朗，就連措詞都透著一股高度知性，讓人自然被他吸引。雖然遇上如此完美的人，多少會既羨慕又嫉妒，Kuga 卻完全不會令人湧起負面情感，反而想和他多聊聊，想得到他的認同，就是有著如此迷人風采的男人。

自我介紹依順時針方向進行，接著是方才緩和氣氛的大塊頭男，袴田亮。

「袴田先生，你長得好高大哦！有多高啊？」

面對我的詢問，袴田先生回道：

「應該有一百八十七公分。」

我們五個人齊聲驚呼，只見他豎起食指說：

「身體狀況不錯時，有一百八十八公分囉。」

雖然他看起來像巨岩般很有壓迫感，但其實是個笑起來很可愛的人。高中時代是棒球校隊隊長的袴田先生，目前帶領某個義工團體，他那厚實胸膛好像是勤上健身房鍛鍊出來的。

「我就讀明治大學，衝勁與毅力可是不輸給任何人，也許別人覺得我是個肌肉笨蛋，但其實腦子裡塞了不少東西，請多指教。我最討厭破壞團隊和諧的傢伙，所以會毫不客氣地出手教訓，還請各位包容我出於愛的暴力。」袴田先生說。

這番話是認真的嗎？就在我的內心掠過一絲不安時，「沒啦！大家別當真。」

袴田先生那有如熊玩偶的笑容，緩解我的緊張。

「為了下個月的小組討論，一起打造最強團隊吧！」

就在我們鼓完掌時，服務生端來挾著滿滿鮮奶油的蛋糕捲。「啊，我的。」舉手的是剛好輪到自我介紹的女生。

「我叫矢代翼。」

視線沒離開過蛋糕捲的矢代小姐一邊行禮說道，一邊用右手將垂在耳前的頭髮往後撥，抬起頭。方才自我介紹過的袴田先生戰戰兢兢地說：

「矢代小姐，長得好漂亮哦！」一副尋求眾人附和的口氣。

只見矢代小姐害羞笑著，用右手微微遮臉，不好意思地回了句：「謝謝。」沒有、沒有，我一點也不漂亮——她分明是個要是如此自謙，恐怕會被老天爺懲罰的美女。若說九賀先生的帥氣是絕品，矢代小姐的美就是另一種高度，說她是某雜誌的模特兒也不為過。

「我在家庭餐廳打工，不過是另一家連鎖店。」矢代小姐說。雖然對於求職生來說，她的髮色略顯亮麗，不過顏色微妙到說是原本的髮色也沒問題。

「我對國際關係問題很感興趣，目前就讀御茶水女子大學國際文化學系。也很喜歡出國旅行，去年花了兩個月旅行歐洲五國，對於自己的語言能力很有自信。」

任誰在求職期間多少都已習慣自我介紹，但矢代小姐的發言可說是到目前為止最有氣勢的一位。她一邊說，一邊大方地輪番看著我們五個人；當她看向我時，來不及閃躲的我難為情地紅著臉，看來我們就算成了求職夥伴，也當不了朋友。

就在我逕自感受到這股距離感時，只見矢代小姐突然變了個人似地，露出面對好友時的親切笑容說：

「怎麼說呢……氣氛好像有點嚴肅哦。沒事，當我沒說。」

她輕拍一下坐在旁邊的嶌小姐的肩膀，隨即難為情地低著頭。要是連收放自如的情緒都是計算過的話，只能說她是超級面試達人，但應該不可能算計到這地步吧。正因為她ＯＮ的時候看起來像一朵高嶺之花，ＯＦＦ時的嬌柔感便格外讓人安心。

我們為矢代小姐的發言鼓完掌後，嶌小姐開始自我介紹，幾乎都是我之前在星巴克聽過的事。名叫嶌衣織的她目前就讀早稻田大學社會學系，在連鎖咖啡店「ＰＲＯＮＴＯ」打工。因為沒什麼新情報，所以我好整以暇地凝視她的側臉，也不能說我見一個，喜歡一個，嶌小姐確實也是美女。相較於颯爽模特兒風格的矢代小姐，她就是給人一種天真無邪的清純女星感。總之，說兩人看起來像是姐妹也不奇怪。

嶌小姐說完後輪到我。我介紹自己名叫波多野祥吾，就讀立教大學經濟系，然後稍微逗趣地說自己參加的是不時會上街閒晃的散步社團；雖然沒什麼可以誇口的特殊經歷，但有著比一般人更勇於挑戰新事物的研究精神，所以常常提醒自己要當個在別人眼裡看來「還不錯的人」。就是把之前面試時自覺還不錯的詞句像馬賽克藝術一樣東拼西湊，順利結束自我介紹。

最後一位是名叫森久保公彥的男學生，戴著無框眼鏡，眼神銳利的他看起來就是腦筋一流的東大生，實際上就讀於一橋大學，反正不管是東大還是一橋都很優秀。進來餐廳後幾乎沒怎麼開口的他，就連自我介紹也很簡單明瞭，說明自己就讀哪所大學、哪個科系、名字，還有請大家多多指教就結束了。因為他整個人靠著椅背，一副不想再多說什麼的模樣，所以也沒人提問。為了不讓氣氛變得尷尬，大塊頭男袴田先生和美女矢代小姐面帶笑容，動作稍嫌誇張地鼓掌。

題外話，我在求職過程中不時會遇到東大生。團體面試時，只要聽到有人介紹自己就讀東京大學，我就會莫名緊張；不過雖說是東大生，也不見得優秀到不行，還是有那種一開口說話，才發現他原來也沒多厲害的人。就某種意思來說，就是讓人覺得少了個敵手，安心不少的傢伙。

我之所以想到這種事，是因為從五千人脫穎而出的我們這六個人，沒有一位是東大生。看來學歷終究只是學歷，Spiralinks 是真的看到我們的潛在特質，才讓我們一路晉級到最後一關。我的內心深處湧起無限感動。

「前幾天的地震，大家都沒事吧？」

「沒想到遇上那樣的天災，面試、筆試日期還能照常舉行。」

「對了，聽說某企業的人事部在網路上被批評得很慘。」我們先是聊些無關緊要的話題，過了一會兒才進入正題。

「總之，我覺得我們應該事先掌握一下 Spiralinks 要考驗我們的案子，」九賀先生挑了挑凜然雙眉說，「這樣當天不管他們丟出什麼樣的課題，我們都能接招，所以我覺得要有個明確的討論方向。雖然調查這種事沒那麼簡單，但要是沒有情報就無法訂立對策。」

「沒錯。我們先各自調查，再彙整出一個方向比較好。」這麼說的袴田先生交抱著粗臂。

「那就這麼做吧，」矢代小姐頷首，「我覺得乾脆決定一下定期集會的時間吧。

如何？比方說，每週日下午五點集合開會之類的。」

「贊成。」剩下三人也同意後，隨即建立群組通訊錄以及SPIRA討論用群組；排除無法全員到齊的那幾天，我們敲定每週集會兩次，分別於週二與週六下午五點舉行對策會議。

商討事情一點也不拖泥帶水，該決定的事情馬上決定。我一邊為這平常不太體驗得到的高效率感動不已，一邊真切感受他們不愧是留到最後一關的候補人選。

「我們一起成為同事吧！我總覺得應該沒問題。」我不由得脫口而出。

「一起加油吧！」九賀先生果然帥氣地附和我，「當下聽到最後一關採取這樣的方式，真的很疑惑，也不明白為何要用這種占用學生私人時間的做法。但仔細想想，這和填寫求職報名表是一樣的，事先告知有哪些人參與小組討論，其實是相當『公平』的做法。總之，我們一起打造最棒的團隊，成為Spiralinks的同期同事吧。」

❖

第一次集會帶來的資料比誰都多的人，就是話比誰都少，感覺好像沒那麼想進Spiralinks的森久保先生。

「基本上，Spiralinks的收益大部分來自付費會員『Spira Premium』的會費，其次是廣告費。從簡單的橫幅式廣告，到活用社群功能的集客式行銷，種類好像挺廣的。總之，我將調查到的資料印出來。」

雖然他補了一句「沒什麼時間仔細瀏覽」，但能在短時間內蒐集到這麼多情報就值得表揚了。相較之下，只準備五張A4資料的我，看著森久保先生那疊厚達三公分的資料，只有驚嘆的分兒。

上野有每小時收費五百日圓的租借會議室，提供這項情報的人是九賀先生。會議室裡只有一面大白板、照明燈具、插頭與桌椅等，不到五坪大小的空間，但對我們來說，這樣的設備已經足夠。

「我雖然沒有找到那麼多關於Spiralinks的情報，不過——」矢代小姐也從包包拿出一疊資料，「我試著調查國外社群網路服務的相關資料，也向住在當地的朋友要了些情報，不曉得有沒有幫助就是了。資料已經翻譯好了，方便大家參考。」

「太強了！」袴田先生由衷嘆服。

「看起來好像很認真吧。」矢代小姐笑著回應。

「豈止看起來很認真，根本是超認真吧？」笑著這麼說的我趕緊補上一句，「不好意思，失言了。」

笑聲溫暖了會議室，隨即又回復緊張氣氛，畢竟任誰都明白我們可不是來開同樂會。九賀先生頻頻瞅著並排在桌上的六份資料，思忖什麼似地用手指捏著下巴，說：

「我想先統整一下大家蒐集到的資料，至於矢代小姐的國外資料很適合做為最後的追加情報。目前還是將焦點放在Spiralinks的案子比較好，所以……」

「要不要先花一個小時左右的時間，看一下資料？」我提議，「大家分擔著看，整理出大綱後逐條寫在白板上，然後下次就以蒐集到的案子性質分門別類、推敲對策，如何？」

九賀先生用力頷首，確認沒人反對。我們像是聽到起跑槍聲般開始迅速工作，首先分別在白板寫下自己帶來的資料綱要，接著六人分工精讀森久保提供的資料。我看了分到的幾張資料，不由得暗暗佩服，有股東大會資料、公司季刊的小小報導、與公司創辦人交情十分深厚之人的著作，還有乍看之下，毫無關連的娛樂雜誌報導，其實暗藏不少小道消息。

我除了有種澈底被打敗的感覺之外，也被森久保先生的本領，以及隱藏在他心中那份對於Spiralinks的熱情和執著深深打動。這絕對不是一朝一夕就能蒐集到的情報量，肯定是從很久以前就慢慢蒐羅的吧。

就在我抱著輸人不輸陣的氣勢，努力讀著資料時，「波多野先生，可以分些資料給我嗎？」

嶌小姐的聲音讓我不由得抬頭。不會吧？才開始不到二十分鐘，她就已經看完分配到的資料，還額外做了些雜事。只見她不但將白板上一條條綱要整理成淺顯易懂的大標，還附上清楚又仔細的說明。

「……速度好快哦！你學過速讀嗎？」

「沒有，我沒學過速讀，只是從以前就很擅長這種事，像是搞懂資料內容、找出要點之類，有這方面的洞察力。啊……這麼說好像有點自以為是。」

我順應嶌小姐的提議，分了一點資料給她，結果其他四人也分了資料給她，原本預定一小時完成的作業時間縮短成四十分鐘。她還把白板上雜亂排列的情報，像劃重點似地簡單加工，完美地將Spiralinks的承包案分類為「商品促銷」、「大型活動」、「情報蒐集」、「簡易橫幅式廣告」等四種。

雖然嶌小姐整理得堪稱完美，但總覺得好像還有改進空間。

「『大型活動』那一項應該可以分類得更細一點。」雙手抱胸、苦思不已的我提議。

「的確，就分量來看，再分得更細一點比較好，」九賀先生同意我的看法，「這麼看來，應該可以先排除比較不容易做為小組討論題目的『簡易橫幅式廣告』，多蒐集其他類別的情報比較好吧。」

「沒錯，」森久保先生也回應，「我會針對情報量比較不夠的類別再多蒐集些資料，尤其『商品促銷』的情報明顯比較少。」

「我應該可以弄到不少關於『大型活動』的情報，」矢代小姐睜著美麗大眼，微笑地說，「我認識幾個任職公關公司的朋友，應該可以打聽到第一線工作人員的心聲。我會盡快和他們聯絡，問問他們利用社群網站辦活動的實績如何。」

眾人頷首，各自忙著在記事本上奮筆疾書。白板上添了些新詞，某個人的提議激發另一個人的創意，就在不斷迸出新意，逐漸理出新方向時，時光飛逝的速度快到令人啼笑皆非，不知不覺已到了必須歸還會議室的時間。

「不會吧！這樣不行啦！」

盯著資料的我抬起頭，瞧見雙手在厚實胸膛上交抱的袴田先生這麼說。因為他瞅著手錶，我想說應該是在說租借時間已到一事，沒想到他苦著臉，語帶戲謔地說：

「……我今天都沒發揮到吔。」

還露出搞笑勝過討拍的表情，搞得大家都不客氣地笑了。

袴田先生在第一次集會的活躍度確實比其他成員來得節制，但到了第三次集會那天，便毫不保留地發揮他的真本領。

倒也稱不上爭執，只是森久保先生與矢代小姐有點意見相左，森久保先生認為應該全力針對小組討論課題，也就是「商品銷售」與「大型活動」這兩大類型擬定對策，矢代小姐則認為其他類別也不能忽略；雖然不到相互飆罵的地步，但互不相讓的兩人要是再這麼針鋒相對下去，一股難以言喻的崩壞感開始迸發，必須有人出面調停才行。無奈不管九賀先生再怎麼勸說兩人要冷靜，他們依舊脣槍舌戰，就在我擦拭額上頻冒的汗珠時——

「要是無法整合意見，就只能靠蠻力解決了。」

再也看不下去的袴田先生轉了轉脖子，站起來。大塊頭男光是一個猛然起身的動作就散發出無比壓迫感，就連爭論不休的兩人也不由得瞬間靜默。既然僵持不下，那就各打五十大板嗎——意思是，他要用鐵拳制裁嗎？雖說這麼想很失禮，但有此預感的人應該不只我。

袴田先生開始翻找放在會議室一隅的包包，從裡頭拿出用可愛包裝紙包著，像是禮物的細長形物體，而非帶刺的指節銅環。我數了數，一共五個。

「有點突然就是了，我要開始公布袴田獎囉！」

「……袴田獎？」我說。

面對我的疑惑，他只是點點頭，並未多作說明。

「首先是九賀先生，」袴田將包著包裝紙的神祕東西遞向九賀先生，「恭喜你榮獲袴田獎『最佳領導獎』，這是頒給發揮優秀領導力，成功整合團隊之人的獎，恭喜。」

一頭霧水的九賀先生輕輕頷首，收下獎品。

「再來是恭喜波多野先生榮獲袴田獎『最佳軍師獎』，這是頒給能夠巧妙判定團隊方針之人的獎，恭喜。」

獎品比想像中來得輕。之後，袴田先生又畢恭畢敬地分別頒給嶌小姐「最優秀選手獎」、森久保先生的「最會蒐集資料獎」，以及矢代小姐的「最佳國際化與人脈獎」。

「本來想說今天開完會再頒獎，結果有點提早了。獎品是我依據自己對每個人的印象，在日本橋的高島屋買的……不過，不是什麼昂貴東西就是了。不嫌棄的話，可以拆開來看看。」

大夥兒不明白什麼是袴田獎，但看到包裝紙裡的美味棒，而且送給每個人的美味棒口味都不一樣，全都發出錯愕又無奈的笑聲。會議室的氣氛頓時輕鬆不少，一掃方才劍拔弩張的態勢。

「這是什麼意思啊？」我笑著問。

「想說帶來大家一起享用，吃點零食，做事更帶勁。」

「還特地包裝？」

「就一時興起，好玩嘛！」

看到我大笑起來，袴田先生也呵笑幾聲，隨即有點認真地說：

「老實說，我贊同主張針對兩大類型擬定對策的森久保先生，不，森久保的意見。不過就像矢代說的，對於其他類別也不能輕忽怠慢，所以我們何不擬個能對應任何類型的萬用對策呢？這是我的意見，大家覺得如何？」

眾人坦率認同他在絕妙時機說出來的這番建言。

「我覺得這是很『公平』的折衷案。」

就在九賀先生，不，九賀做出最終定奪時，我們也決定不再對彼此說敬語。搞不好我們當中，最能掌控整體氣氛的人就是袴田。我一邊滿足地吃著久違的美味棒，這麼思忖著。

我趁休息時間去了趟洗手間，幾乎同時走進來的森久保和我並肩站著解放，面向牆壁的他喃喃道：

「剛才幸虧袴田出面緩頰啊！」

我不由得看向他。森久保是那種話很少，沒什麼表情的人，與其說他冷漠，不如說他過於正經八百。想說他應該是那種吝於誇獎別人的人，所以這番話讓我不禁微笑。

「人就是要互相幫忙嘛！」

「小組討論，」森久保凝視牆壁，略有所思地說，「我參加過好幾次小組討論，都有那種分明就是老鼠屎的傢伙。」

「老鼠屎？」

「明明沒什麼實力，只是讀過幾本教戰手冊什麼的就亂下指導棋，還自以為是地說什麼『我先整合一下』，不過是複誦其他人的意見，浪費別人時間的廢材罷了。

這種傢伙只會破壞氣氛，當個拖累大家的老鼠屎。」

「是哦……我不清楚。不過有時候的確有這種傢伙。」

「我還是第一次碰到這麼有效率的團隊，而且沒有那種只會扯後腿的傢伙。」

搞不好對森久保來說，這是最頂級，也是最直白的讚美詞。就在他俐落地結束小解時，他說：

「因為我不喜歡吵吵鬧鬧的，可能讓人覺得有點不好相處吧。抱歉。我拚了命也想進Spiralinks，大家一起拿到內定資格吧。」

我望著帥氣步出洗手間的森久保背影，再次真切感受到自己也懷著和他一樣的心情。希望大家一起進Spiralinks，不，應該說這時候的我還如此確信。

無論抛來什麼樣的課題，無論遭遇多不尋常的情況，也沒問題。我們會逐漸成為最棒的團隊，一定會的，大家絕對會一起拿到內定資格。

❖

就這樣來到第四次集會，也就是四月十二日星期二。

因為矢代要訪談任職公關公司的朋友，森久保必須去打工的關係，只有我們其他四個人開會。大致決定好一些必須確定的事情，待袴田、九賀陸續離開後，我才發現會議室只剩下我和嶌。反正時間還沒到，想說留下來完成其他公司的報名表，我開始奮筆疾書，有種與其說是「留下來自習」，不如說是「加班」的心情。

再三確認沒有錯字的我抬起頭，瞧見嶌趴在桌上酣睡。應該是累到體力透支吧。空的茉莉花茶保特瓶像被她推開似地倒在桌上，一旁放著Spiralinks的徵才宣傳手冊：「Spiralinks提供一處讓你【Grow up成長】、【Transcend超越】，蛻變成全新自我的場域。」我早已把內容背得滾瓜爛熟，看來嶌剛才又翻閱了一遍吧。

不知為何，我的內心莫名湧起一股熱意，自己也不明白為何眼眶變得溼潤，波動的情緒促使我變得滑稽，趕緊用自嘲笑容取代感動，幫她拾起掉在地上的毯子。時間來到晚上七點，從三樓會議室的窗戶可以望見明亮的弦月。我想說反正會議室租借到晚上八點，就讓她多睡一會兒吧。簡單拂去毯子上的塵埃後，輕輕披在她的肩上。

本以為動作算是相當輕柔，所以完全沒想到她會醒來的我嚇得退到牆邊。

「不好意思，只是想幫你蓋毯子。」

一度抬起頭的嶌似乎不想讓我瞧見惺忪睡臉，旋即低下頭，還在做夢似地說：

「……還以為是哥哥。」有點像是在和家人說話的口氣。

「是哦……」慶幸沒被認為是登徒子的我說，「抱歉、抱歉。」

「別這麼說，我才要謝謝你……現在幾點了？」

「七點……二十分。」

「哇……我睡那麼久啦！」

嶌再次抬頭，像在確認進度似地凝視手邊資料有好一會兒，可能是在寫報考其他公司的履歷表與報名表吧。只見她拿起幾張紙，翻過來確認一下，隨即又拿起另一張紙確認，花了一點時間整理好後放在桌邊。

「其他公司的ES[2]？」

「嗯……想把自我介紹那一欄寫滿寫好。」

「『對自己的洞察力很有自信』，不是嗎？」

「你是在挖苦我嗎？」嶌難為情地笑著，「我擅長分析，所以寫這東西難不倒我，

2. Entry sheet，求職報名表，日本求職者在應徵工作時須填寫的常見表格。

我也很清楚自己什麼時候要做什麼事，什麼時候不能做什麼事，可是一旦提筆又不知在猶豫什麼。」

像要拂去些許殘留睡意的嵩伸了伸懶腰，望向窗外。

「月色真美呢！」

她是借用夏目漱石的名言做為愛的告白嗎——這種預感一瞬間也沒在我腦中浮現，是因為窗外月色真的很美。

「好漂亮的黃色哦！」凝望窗外的我回道，「真的好黃。」

「不知為什麼，我從以前就很喜歡月亮。」

「是哦。的確有它吸引人的地方。」

「只看得到表面。」

「什麼意思？」

「從地球絕對看不到月亮的背面，聽到這句話就會不由自主地聯想囉！月亮的背面究竟長什麼樣呢？」

「的確很有意思啊！到底長什麼樣？」

「就是啊！不住在月亮上就不曉得吧。」

嶌說完後，臉上笑容彷彿逐漸融化的雪，緩緩的、緩緩的，逐漸淡去。她的臉映著窗外流洩進來的月光，閃耀微微的黃色光芒。

默默凝望月色的嶌，露出有如輝夜姬般滿懷鄉愁的神情，就在我本來想問她是否來自月亮，這句冷靜想想一點也不有趣的玩笑話時，嶌突然落淚。

「對不起，怎麼說呢……不是的，真的不是因為你的關係。不知道為什麼，就是突然很感慨。」她趕緊收起淚水。

我把手帕遞向摀著臉的她，默默看著她那微顫的肩膀。

當然，我不知道嶌為何哭泣。要說心情沒有因為 Spiralinks 這般突如其來的事態，而多少受影響也是騙人的，畢竟我有時在一陣慌亂後，也會陷入想痛哭一場的情緒中。

大三下學期就必須開始求職活動。畢業後當然得找份工作，所以必須加把勁才行，只是該做什麼事的指針始終曖昧得可悲，究竟該怎麼做，才能提升內定機率？一旦做了什麼，就很容易落選？我完全搞不清楚。

但不可否認，我這種差不多先生的人格特質也有好處。從小沒什麼過人長才，無論是讀書還是運動成績都是一般水準，加上個性隨和，也就成了別人眼中的體貼之人——這是周遭對於成績單沒什麼值得誇耀的我，一個印象最深的評價。雖然求職活動很辛苦，我倒也沒那麼不擅長，至少就系上同學、打工的便利商店同事，還有社團夥伴的說法，我的求職路算是越走越順。但也不到「一帆風順」的境界就是了。不過，就像以透明的槍狙擊看不見的敵人，或許能獲得不錯的分數，但這種喜悅沒有根據，也無從確信，所以比起沒有任何具體提示的勝利喜悅，被無情地直戳攻擊後的失敗痛楚，反而一直殘留在我的內心深處。

任誰都無法在求職活動過程中百戰百勝。我留在Spiralinks最後一關的同時，也收到不少企業的落選通知，恐怕嶌也是如此。

雖然六個人在這間會議室討論時，一股毫無根據的自信就像細胞膜般溫柔包裹著我的心，但每次收到落選通知，也就是俗稱的「感謝信」時，就會陷入人格完全被否定的心境。

毫無根據的自信、毫無根據的安心感，以及莫名的不安。

處在惶惶不安、心神不定的精神狀態中，怎麼可能冷靜面對這個恐怕會影響自己的人生，甚至長達幾十年的重要活動。

「很多事都讓人不安啊！」

好想溫柔摟著沒有回應，只是低著頭，頻頻頷首的她的肩膀。當我察覺自己面對柔弱女子，居然剎時起了這念頭時，發現自己果然對嶌有好感。

我覺得嶌和其他小組成員一樣優秀，對她心懷敬意，當然也被她的努力感動，或許是因為她的苦惱讓我很有共鳴吧。但不僅如此，我對嶌懷著不同於其他四人的情感。

理解她為何流淚的我走向放置在外面的自動販賣機，雖然一時間猶豫著要買什麼，但看到茉莉花茶就不必遲疑了。畢竟總是看她喝這個，八成很喜歡吧。我還買了自己要喝的罐裝溫咖啡，打開會議室大門時，瞧見嶌紅腫著眼，露出堅強笑容。

「剛剛真是不好意思，請別跟其他人說……」

我說我知道，將茉莉花茶遞給她。

下次我們一起出去玩，當作保守祕密的條件，如何？如果嶌是社團的夥伴，我可能會馬上迸出如此輕浮的臺詞。不知是幸還是不幸，去年十月我正式展開求職活動時，交往一年三個月的戀情劃下休止符，不，是被劃下休止符，所以向嶌搭訕沒有腳踏兩條船的問題；但我之所以沒這麼做，是因為我已認定她是職場上並肩作戰的夥伴。

也許是因為我的心態成熟許多吧。不曉得這麼想對不對的我啜了一口微糖罐裝咖啡。

初次覺得太甜了。

❖

「為 Spiralinks 最終選拔考試做準備的各位辛苦了。雖說今天要一起愉快吃一頓，其實是騙人的，今天是喝到飽。不喝酒的傢伙可是要受到嚴格處罰哦！所以一起喝個痛快吧！乾杯！」

除了因為要參加面試，會稍微晚點到的九賀之外，聚集在店裡的夥伴都是一身便服。

脫去西裝的求職生就只是一般大學生，一群大學生在居酒屋嘻嘻鬧鬧地聚會是常有的事。負責開場白的袴田不愧是體育男，短短幾秒內啤酒杯就空了。矢代也一口氣喝光杯子裡的白酒。森久保是那種一喝醉就變得卑躬屈膝的人，不停用反省口氣嘀嘀咕咕，微醺的我微笑看著這樣的他，袴田也笑著。森久保似乎覺得自己頗可笑，也笑了起來。

「一直開會討論也很疲乏，找個時間聚餐吧！」某次九賀這麼提議時，矢代舉手說她有推薦的店：「那間店的披薩和精釀啤酒很美味，如何？那間店是一般桌椅座位，不是榻榻米座席，料理真的很好吃哦！」可惜有違矢代的推薦，此時排放在桌上的披薩等料理不怎麼受歡迎，倒也不是難吃，而是大家忙著喝酒。

不久後，一個大醒酒瓶擺在說自己平時滴酒不沾的嶌面前，宛如生日蛋糕登場般，瞬間響起如雷掌聲。

「嶌不是不喝酒嗎？不能勉強啊……都是我的錯，都是為了我才勉強喝啊！」森久保神情認真地說，當場又是一陣哄堂大笑。我是那種幾杯黃湯下肚，再怎麼無聊的笑話，或平常根本不會笑的事都能哈哈大笑的人。

「衣織只在今天當個酒國英雌啦！」矢代不知哪來的自信，點頭這麼說，還催促嶌快喝，「要是只喝茉莉花茶，可是沒體力克服小組討論哦！今天我來負責讓嶌喝！這只醒酒瓶現在是衣織專用，希望喝到一滴也不剩！」

嶌硬著頭皮喝下第一杯後，弱弱地比了個「V」。

被燃起鬥志的袴田也大口喝著啤酒，還豪邁地抹去嘴邊的泡沫。

「袴田……你不是說明天要面試嗎？喝成這樣真的沒關係嗎？」

袴田用力摟著一臉擔心的森久保，說：

「安啦！反正大家要一起去Spiralinks，其他公司的面試就隨便啦！這麼開心的日子，不盡情喝酒的傢伙該判死刑！死刑！」

「哦，帥喲！」矢代隨口讚美，還遞上溼毛巾。

袴田用溼毛巾擦掉沒抹乾淨的泡沫，乘興開始放聲高歌。

唱的還是幾個月前因為吸毒被逮的歌手相樂春樹的歌，害喝醉的我反射性地捧腹大笑。

「拜託！不要唱這種歌啦！別唱啦！」森久保之所以會笑著打槍也是理所當然，因為相樂春樹現在成了討厭鬼的代名詞。打從幾年前他爆出肇事駕駛醜聞後，整個人就變得怪裡怪氣，前幾天還因為吸毒被逮，成了眾矢之的；雖然他的情歌唱功一流，但因為偶像在人前必須戴上完美面具，形象破滅的他讓世人大失所望。

我是沒試過，搞不好用谷歌搜尋相樂春樹，就會出現一整排負面消息與相關新聞吧。

就在袴田即將高唱副歌時，嶌氣勢十足地喝光第二杯，趁我們的掌聲未歇時，又喝了一杯。就在大夥兒鼓譟嶌喝第四杯時，身穿西裝的九賀跟著店員走過來。

九賀看到我們比想像中來得興奮，似乎頗驚訝。只見他連夾克都忘了脫，怔了一會兒才調整好心情似地，笑著看向擺在嶌面前的醒酒瓶。

「……嶌不是不能喝嗎？沒事吧？」

矢代代替小口啜著第四杯的嶌，頷首回道：

「因為今天衣織必須喝個痛快才行，所以沒事啦！九賀，你也盡情喝吧！」

真心關切夥伴情況的九賀入座，接過矢代遞給他的菜單。袴田對於連看都不看一眼菜單，就說先來杯可樂的九賀有些不滿，只見九賀滿懷歉意地笑著懇求諒解。

「我回家還得忙學校作業，今天就饒了我吧……對了，森久保，謝謝你借我那本書。」

「書？」喝得酩酊大醉的森久保眼神恍惚地問，「……什麼書啊？」

「就是那本麥肯錫啊！一大堆人想借那本。對了，我快看完了。方便的話，我們約二十號左右碰面可以嗎？把書還你。」

「哦……」森久保扶了一下眼鏡，掏出記事本，「這個嘛……下午三點有個在神奈川的面試。這樣好了……那就約五點以後吧。」

「好，看要約哪裡碰面。」

既然他們要碰面，我提議定期集會乾脆改成二十號這天，反正我這天一整天都沒事，如果大家也沒問題的話，那就太好了。無奈盯著記事本看的袴田喃喃地說他這天有事，其他人也不行，所以我的提議便告吹了。

九賀點的可樂送來了。準備重新乾杯的眾人紛紛闔上記事本，只有袴田感慨萬千地瞅著記事本，吸了一下鼻涕。還以為是酒氣促使雙頰泛紅，讓人錯覺他掉淚，看來好像真的有什麼事刺激他的淚腺。

「唉……記事本上寫得密密麻麻。」

袴田闔上記事本，憐恤似地敲了兩下記事本封面，說：

「我們一定能打造最棒的團隊囉。」

突然變得如此正經八百的他還真是有些滑稽；不過，就連善於打圓場的我聽到這番話，一時也迸不出玩笑話。大家紛紛用微笑、點頭掩飾尷尬，各自在心裡反芻一路走來的辛酸。

「大家一起拿到內定吧。」

聽到最不可能吐出這句話的森久保這麼說，還真叫人莫名感動，剛才一直發揮在搞笑方面的醉意，突然使我的眼頭發熱。明明離最後一關正式登場還有一個多星期，卻開始瀰漫一股總決賽的氛圍，促使我也變得有點多話。

嶌十分勤勉，袴田總是很開朗，矢代的視野比誰都廣，森久保也相當優秀，還有九賀那難得的領導力，所以我們一定要成為同期同事，不，一定會的。對於自己的這番熱血發言還真是有點難為情，卻沒人嘲笑我的一時忘情。看到大家無不用力頷首的袴田說：

「祈禱大家一起拿到內定，再乾一次吧！」

九賀舉起可樂時，又回到方才那般歡聚氣氛。醉意加速的袴田像我一樣開始誇讚每個人，而且永遠嫌不夠似地誇個不停，被誇到來不及謙虛的我們也輪番誇讚他。或許是為了掩飾難為情吧，只見袴田積極向眾人勸酒。

就在嶌被逼著喝了好幾杯紅色液體，響起如雷掌聲時，九賀拍了拍我的肩膀。

「……波多野，方便借一步說話嗎？」

我心想是什麼重要的事啊？在九賀一臉意有所指，指了指洗手間方向的催促下，我站了起來。袴田見狀，指著我們說：「你們看！」

大家向我們行注目禮。

「互動這麼親密自然，這才是真正的感情好啊！」

雖然這番話一點都不好笑，我還是笑了。果然是打圓場高手。

沐浴在夜風中，走了幾分鐘，剛好醒酒。

我和回家路線一樣的嶌、矢代一起通過驗票口。我抬頭望著電子顯示板，確認下一班電車何時到站。離最後一班電車還有幾班車，車站內人沒那麼多，比較空蕩了。矢代望著果然有點喝過頭的嶌走進洗手間，突然對我說：

「你喜歡衣織吧？」

真慶幸剛才和九賀在洗手間說了些蠢話，還有尚未全消的醉意。我用有點遲鈍的腦子咀嚼了一會兒她的這番話，總算意會過來，且拜時間差之賜，並未表現得很心虛。

「我表現得很明顯嗎？」

「我說你啊，一直在講衣織的事呢！還不時偷瞄她。不過，不曉得當事人有沒有察覺，其他人可能沒注意到吧。」

「原來如此。」

「進公司前就開始談辦公室戀愛，這樣很好啊！況且你們倆看起來頗登對。」

今天喝最多的當屬袴田，亞軍當然是矢代。袴田可說是一路喝到底，但矢代則是就算十分鐘後有面試，也完全沒問題的海量，還會不時注意大家的杯子是否空了。自動幫大家點菜，倒酒的手勢也很嫻熟，絕對是應酬高手。就在我心想要是自己也能像她那麼善於應付這種場面該有多好時，嶌回來了。

雖然車廂內沒那麼擁擠，但只剩博愛座空著，就在我無奈地抓著吊環時，矢代一屁股坐上三席博愛座的中間。

「你們也坐啊！反正空著也是空著，沒關係啦！」

面對矢代的大剌剌動作，我和站在一旁的嶌苦笑地對望。可能是怕位子被搶走吧。只見矢代翹起一雙美腿，隨手將包包放在旁邊空位，是個淺咖啡色真皮包包，就連對名牌包沒什麼概念的我也曉得Hermès（愛馬仕）的念法，這應該是我第一次親眼見到這牌子的東西吧。

「波多野，你的那個很重吧？就算不坐，也放一下包包吧。」

矢代指的是我提著的大公事包，的確重得不太尋常，因為裡頭塞著我們用過的所有資料。

我們最初集會時，就有討論到今後蒐集到的資料要放在哪裡保管的問題。於是，我自告奮勇說自己為了求職活動，租了個小倉庫，如果大家同意的話，我可以負責帶回去保管；就在我說出這番話時，大家不約而同地虧我：「原來是有錢人啊！」「厲害哦！」我不是謙虛，我真的不是有錢人。大家搞不好想成是堪比車庫、馬廄般大的倉庫，其實只是和投幣式置物櫃差不多大的倉庫，月租只要兩千日圓。我住在家裡，房間不大，純粹只是想有個收納東西的地方，所以並非有閒錢，而是因為空間不夠，不得不租借。

真正有錢的不是我，應該是——電車震動，博愛座上的愛馬仕包微微晃著。

雖然公事包真的很重，但我對於把包包放在座位上這件事十分抗拒。就在我逞強地說還好、沒那麼重時，我們三人的手機一齊震動。三人之所以同時收到訊息，應該是誰在群組發訊息吧。沒想到完全不是這回事。

發訊息的是 Spiralinks 股份有限公司，內容可笑到讓我們三人啞然。

【四月二十七日最終選拔考試內容，變更通知】

敝姓鴻上，負責 Spiralinks 股份有限公司招募新人之事宜。

非常感謝您前幾日撥冗前來。關於上次提及的四月二十七日（三），預定舉行的小組討論（最終選拔考試），因為選拔方式變更，特此通知。

有鑑於上個月十一日發生的東日本大地震災情嚴重，敝公司的營運狀況亦受到影響，所以深表遺憾，今年決定只錄取「一名」。因此，當天的小組討論議題變更為「六人中，誰是最適合的內定人選」。我們將就討論過程，選出一名最適合敝公司的人選。

倉促聯絡，非常抱歉。

還請諒解與配合，由衷感謝。

想發的牢騷如山高。希望六個人合力完成小組討論——當初這麼宣布時，震災已是兩週前的事了。既然要這麼做，至少那時就該暗示我們選拔方式可能會變更，不是嗎？還有，既然錄取名額只有一位，幹麼還要我們來一場「誰最適合成為內定人選」的議論啊！搞什麼小組討論？再辦一次普通面試就行啦！從沒聽過這麼令人傻眼的選拔方式，實在太沒誠意了。

縱然盡是叫人一肚子納悶的事，但想要反駁的心情終究還是消失殆盡，因為我們是根本不了解社會這個大環境的「求職生」，而對方是日本最先進、最出奇的

Spiralinks 股份有限公司，也許雙眼瞧見的許多不尋常事物在大人的世界，在日本最頂尖的ＩＴ企業裡只是一般常識，再普通不過的事。

原本盯著手機的我抬起頭，發現矢代不在位子上，而是露出彷彿從剛才就一直是這樣的神情，背著愛馬仕包包，抓著吊環。我和嶌互相對望，明白站在這裡的已經不是夥伴，也不是同伴，而是競爭對手；即便如此，一時之間還無法接受事實的我們不由得苦笑。

「真叫人傻眼啊！」我喃喃道。

「就是啊！」嶌也點頭附和。

「我在這站下車，先走了。」剎時變得冷漠的矢代下車，我們只能怔怔地目送她的背影。

這種「茫然感」足足持續了四天之久。一時反應不過來的我，之所以沒有出現失落、憤怒這些顯而易見的情緒，因為這是初次體驗到的情感。就像硬被拔掉的插頭般，迎向突如其來的結束，失去能夠努力的方向，只剩下難以言喻的熱量。那些日子我們努力累積的東西又算什麼呢？

旁人可能看我很消沉吧。母親和妹妹分別問我：「求職活動結束了嗎？」沒啦！還沒啦！才要開始而已——這麼回答的我只覺得心裡像破了個大洞，有種難以偽裝的失落感。

四月二十一日，星期四，我的茫然無預警結束。

「雖然是樸質不起眼的中小企業，卻是很有實力的公司哦！」我收到一間讓父親如此讚譽的化學纖維公司的錄取通知單，對方希望我前往公司一趟，簽一份內定承諾書。我穿上久違的西裝，搭乘電車。

我在上石神井車站下車，走進不算新卻維護得很乾淨的三層樓公司大樓。有位看起來將近五十歲，應該是負責人事的主管笑臉盈盈地迎接我。我坐在飄著一股像是學校多功能教室特有氣味的會議室，看著擺在面前的內定承諾書。

「我想，除了我們公司之外，您應該還有報考其他公司。我們真的很期待波多野先生成為我們公司的一分子，希望您能在這份承諾書上簽名，辭退其他公司的應試機會。」

簽了內定承諾書之後能否毀約，這是求職生之間的熱門話題之一。大部分人認為簽約又辭退，就法律上來說並無問題，我自己也是傾向先簽約再說。畢竟這是一間連身為優秀上班族的父親都認可的公司，況且騎驢找馬準不會錯。

然而在我握筆的那瞬間，除了腦中浮現自己每天來這家公司上班的身影，還有各種思緒在腦子裡遊走。

我真正想去的企業到底在哪裡？當然不是這裡，而是Spiralinks，不是嗎？不是還有Spiralinks的選拔考試嗎？我還沒落選。如果不是六個人一起錄取就沒意義了——我是從何時開始抱持如此愚蠢的執著呢？一切都還沒結束，不是嗎？要是我有想進去的企業，哪怕只是一點點念頭，也可能給這間公司添麻煩，就算法律上再怎麼站得住腳，道義上還是說不過去啊！

我一回神，才發現自己將筆擱在桌上。

「請容許我辭退。」

再次成為求職生的我，隔天又聯絡別家公司，辭退內定一事。

❖

Spiralinks最終選拔考試前一天，收到袴田傳至群組的訊息。

「好久不見（也不至於啦）。反正都是要去一趟，大家在澀谷車站集合，一起去Spiralinks如何？」

沒理由拒絕。

我步出玉川驗票口，瞧見四個人已經到了。森久保因為還要應試其他公司，說他會自己先過去，所以我是最後一位現身。

「沒想到會變成這樣啊！」

聽到我這句無謂的感嘆，袴田笑著說：

「就是啊！反正我們就好好來場小組討論吧！我可完全沒有退讓的意思哦！」

「沒錯！堂堂正正來一場吧！」九賀用他那張俊俏的臉，頷首附和，「『公平』來一場，不管誰贏了都不要怨恨，我也沒打算退讓囉。」

我用力點頭，微笑道：

「我老早就想說了。九賀，你很喜歡說『公平』這詞吔。」

「……是哦？我常說嗎？」

嶌和袴田笑著說：「常常說。」

「不過，我覺得這詞真的很棒。雖然事情變成這樣，我們就『公平』來一場吧。」

眾人贊同我這番話。只有矢代不知為何站得離我們有點距離，可能心情不太好吧。只見她一臉不悅地滑手機。第一次看到她露出這樣的表情，但也沒辦法，可能是不尋常的事接踵而來，讓她的心情一時難以消化吧。

我們五個人搭乘電梯，到櫃臺領取訪客專用證。人事部的鴻上先生誠懇地向我們道歉選拔方式變更一事，請我們見諒。看到這樣的鴻上先生以及風格洗鍊的辦公室，讓我再次確定自己有著想進這間公司的強烈慾望。

「我會努力讓這次不是我們最後一次見面。」聽到嶌這麼說，我也有種輸人不輸陣，必須要向鴻上先生傳達心意的心情。我低頭整理思緒，但馬上察覺就算現在向鴻上先生說什麼，也不會影響選拔結果的事實。思忖片刻的我真心誠意地以最簡單的話語表達：

「我也會全力以赴。不過，我認為無論誰被選上都是正確的選擇。」

◆

第一位受訪者①

Spiralinks 股份有限公司　前人事部長——鴻上達章（五十六歲）

二〇一九年五月十二日（日）下午二點零六分

中野車站附近的咖啡廳

我到現在還記得最終選拔考試當天在門廳時，你說的那句話。怎麼說呢……該怎麼說呢？也許是因為那句話讓我很感動，也或許是讓我預感將會發生什麼不好的事吧。這麼說，有點放馬後砲就是了。萬萬沒想到居然會有學生做出那種事，真的讓人很驚訝啊！

已經是幾年前的事啦？那次招募新人……八年前？已經過了這麼久嗎？我離開Spiralinks，自己出來開公司是二〇一五年的時候。沒錯，就是八年前，發生大地震那一年。時間過得好快啊！

託大家的福，我這間以仲介人才為主的顧問公司經營得很順利。果然這年頭，不管哪家企業都鬧人才荒啊！公司剛成立不久時，主要客戶都是中小企業，現在慢慢有些上市大公司也會來找我們合作……所以算是穩定成長。在Spiralinks的經驗幫助我打下現在的江山。

不過，你比我更厲害，不是嗎？聽說你在行動支付事業這塊領域很活躍呢！我可是耳聞不少喲……嗯？是啊、是啊。哈哈哈！我雖然離開Spiralinks，但還是有人脈關係。八卦消息傳得快，好事也會傳千里囉。你現在可是名副其實的 Spiralinks 王牌，連我也與有榮焉，引以為傲啊！

果然自己挑選出來的人才，就會像是自己的「孩子」般疼惜啊！要是沒有好表現，我一樣會難過；要是表現得好，也會引以為傲，畢竟是自己挑選出來的。

所以那年拿到內定的人是你，真的太好了。

做了那麼久的人事管理工作，可是遭遇過好幾次「意外事件」呢！好比明明沒被篩選上的學生，竟然跑來拚命要求我們給他面試機會，不然就是被刷掉的學生控訴我們選拔不公，甚至鬧到報警處理的地步。不過啊，我還是頭一次遇到那種「事件」呢！有些事現在才能說，當時坐在隔壁會議室盯著螢幕的我們真的是錯愕不已，還有人建議應該馬上介入，中止小組討論；但我們決定還是遵守與你們的約定，默默看著小組討論進行到最後。

雖然這麼說很差勁，但我確信這件事絕對不會曝光，因為我們、所有人就像一幅掌握彼此最不堪之處的構圖，任誰都不會想對外洩漏那起「事件」。老實說，小組討論結束後好幾週，我有點擔心有人會在求職討論區爆料這件事，但我內心深處還是放心的，畢竟洩漏出去對大家都沒好處。正因為每個人都是受害者，所以最終都成了共犯。

……嗯，沒錯。就像你說的，其實是很「切身」的事件。當然，很謝謝你們那麼想進Spiralinks。不過啊，真的沒想到居然有學生使出那種招數。總之，拜你們之賜，高層非常憤怒地斥責絕對不能再用那種方式選拔人才。好懷念啊！楠見先生……沒錯，就是那位高層主管。現在講這種事真的很可笑啊！楠見先生還在Spiralinks吧？是哦。也是啦！

影片？哦哦，是說小組討論時的影片嗎？應該由人事部保管吧。雖然是不得洩漏的公司內部機密，但只要說一聲，應該還是會拿給你。記得長度不到三個鐘頭吧。一共動用三臺攝影機清楚拍攝下來，而且途中只剩兩臺在拍攝。

對了，為什麼你現在又對那起事件感興趣？畢竟是八年前，算是「很久以前」的事了，不是嗎？

什麼？死了？那時的「犯人」嗎？要怎麼說才好呢？和你同年，應該才三十歲左右吧。死因是？是哦。生了什麼病？唉，真不曉得該說什麼才好。

雖然這麼說很可悲，能在小組討論最後揪出「犯人」，可說是不幸中的大幸。要是一直不知道「犯人」是誰，可就糟了。讓那種人一直留到最後一關是我們的疏失。萬萬沒想到啊，畢竟當時看起來是那麼優秀的學生。

……嗯？這又是個有趣的問題呢！不過答案非常單純，單純到好笑。可以先讓我加點一下甜點嗎？我對鮮奶油完全無法抗拒……意外嗎？反正人啊，就是這麼回事囉。

「犯人」的盧山真面目也挺令人意外，是吧？

2

我們被帶往的並非之前那間採玻璃隔間的會議室，而是四面皆是白牆，規模較小的會議室。沒有窗戶，隔音設備完善，應該和那間玻璃會議室的用途不同吧。裡頭擺著一張白色大圓桌，散置六張白色椅子，看起來很緊張的森久保坐在最靠近門的位子。簡單打招呼後，各自落坐適當位子。搞不好選位也是攸關成敗的一項重要因素——我的腦中瞬間閃過這想法，趕緊安慰自己想太多了。

我坐下後做了個深呼吸，環視周遭。

彷彿要給有如病房般殺風景的空間添綴一點色彩似地，靠牆處放了幾盆觀葉植物。茂密植物的後面，隱隱擺著四臺用三腳架固定的攝影機，看來是要側錄小組討論的情形。除了白板上放了幾支麥克筆，沒有其他設備。

「關於這次的小組討論規則，前幾天已經以電子郵件告知各位，但容我再說明一次，」鴻上先生結束客套招呼後，再次說明選拔方式，「討論時間是二小時三十分鐘，待我離開這房間後，計時器便啟動。基本上包括我在內，人事部人員會在隔壁會議室透過螢幕觀看討論過程，除非發生強烈餘震或是火災等意外情況，不然我們一律不介入，各位也不能離開這間會議室。如果因為身體不適，想要退出的話，請按內線〇四一，人事部人員會馬上過來協助；不過，基本上要是在規定時間內中途離場，就不可能被錄取。

「二小時三十分鐘後，我會再次進來，詢問大家舉薦的內定人選名字，到時請各位告知你們舉薦的人選。要是二個半小時過後，大家的意見還是無法整合；也就是說，每個人舉薦的人選都不一樣，那麼所有人均不予錄取。總之，要是意見整合，選出內定人選的話，這個人就確定錄取，我們也會給其他沒被選上的人，一筆五萬日圓的車馬費，聊表感謝各位一路配合到今天的心意。當然，要是沒有選出人選的話，敝社也不會支付車馬費。

「選拔方式相當自由，請各位自行決定能充分表達意見的方式進行討論。只要不離開這間會議室就行，可以使用一般手機、智慧型手機對外聯絡，也允許上網搜尋資料。只要謹守既定原則，其他交由各位商議、決定。不過，我要特別提醒一件事，請不要用抽籤、猜拳之類，端看運氣的方式決定人選，因為我們希望跟經過好好討論後選出來的人共事。

「這裡一共設置四臺攝影機，其中三臺用來錄影，另一臺設置在稍高處的攝影機是用來連接隔壁房間電腦的監視器，還請各位諒解。之所以這麼做，除了做為資料保存之外，也是為了萬一發生什麼不法行為，可以做為證據，供日後人事部以此判斷各位決定的人選並不適合敝公司。當然，我們會完全保密，請各位放心。」

可能是習慣動作吧。如同之前所見，鴻上先生微微地動了一下手，似乎頗在意左手無名指上的戒指，隨即用力頷首，像是確認沒有遺漏需要傳達的事，說：

「那麼五分鐘後，我離開的同時，請各位開始小組討論。要上洗手間的人請趁現在。」

想到要被限制行動兩個半小時，還是去一趟洗手間比較好。只見大家紛紛起身，準備去洗手間。站在我前面的矢代不知為何在門口那一帶停下腳步，像找尋什麼似地看向地板。

「掉了什麼東西嗎？」

「沒……沒什麼。」

矢代並未正眼瞧我，旋即走進洗手間。也許是我太敏感吧。總覺得她和之前判若兩人。

很難不在意她的改變，畢竟矢代也是競爭對手之一；但現在自己的事最重要，根本沒心思多想。辭退所有內定，參加今日選拔考試的我絕不允許自己有任何疏失，所以說不緊張是騙人的，不過幸好目前沒有發生什麼讓人不安、混亂的事情。

待眾人返回後，鴻上先生再次詢問有無疑問，確認沒人舉手的他果然又撫了一下戒指。

「那麼，兩小時三十分鐘後見——祝福大家。」

當始終敞開的門咔嚓一聲關上時，會議室內變得超乎想像的安靜，有種只有我們六個人完全與外界隔離，被世界遺棄的感覺。

只要一開始熱烈交談，二個半小時給予彼此的印象就會無限膨脹。我們必須珍惜這段時間好好交談才行，反正對於彼此也非一無所知；雖然我很想積極表明自己多麼渴望被內定，非常適合成為這間公司的員工，但不難想像這麼說，肯定會招致惡評。眾人像是在確定那扇門當真關上似地，浮現一抹苦笑，做了個深呼吸後，有如準備週日早餐似地緩緩進行小組討論。

「接下來，要怎麼做？」

九賀果然率先開口。

「雖然我覺得採多數決是最正統的方式，但要是有其他建議……」

「我提一個點子，可以嗎？」

我準備秀出自己想到的點子。

「既然時間很充裕，那我們就每三十分鐘投一次票，如何？現在先投一次票，三十分鐘後再投一次，一共投六次票，再加總起來，票數最高者就是內定人選，如何？」

「為什麼要用這種方式？」

面對袴田的質疑，我回道：

「就算想推銷自己，六個人也無法同時說話，總覺得這麼一來，最後雄辯滔滔的人最有利。也可能發生起初兩個鐘頭絕對不想投給這個人，但最後三十分鐘因為他的聲淚俱下，決定投同情票的情形，不是嗎？所以我認為投票次數多一點，才能提升多數決機制的精確度，這麼做大概是最──」

「『公平』。」袴田以戲謔口吻插嘴。

我微笑頷首，九賀也感染到我的笑容。

「的確很『公平』。」九賀為我的提議背書後，詢問其他人的看法。

嶌馬上就笑著附和：「我覺得這點子很好。」森久保、矢代也很積極——是沒到這程度啦——但他們也覺得我的提議還不錯。

我點了一下頭。

之所以提議採多次投票制，是因為覺得這做法最公平——其實不單是這樣。我想用這方法在小組討論時，為自己爭取多一點的發言機會。畢竟肯定是九賀主持會議，所以至少要像袴田說的那樣站穩「軍師」地位，多少掌握會議的主導權，幫自己加分，否則別想脫穎而出。

九賀用智慧型手機設定大概每三十分鐘響鈴一次，因為不能在會議快結束時才進行最後一輪投票，所以有稍微調整一下時間。總之，九賀先發號施令進行第一輪投票。

每個人舉手投票給除了自己之外，目前自己認為最適合的內定人選，由坐在最靠近白板的嶌負責計票。

我認為無論誰被選上都是正確的選擇。

我向鴻上先生說的這句話並非基於客套，而是出於真心。於是，投票結果大致如我所想，呈現分散態勢。

■第一輪投票結果

• 九賀2票　• 袴田2票　• 波多野1票
• 嶌1票　• 森久保0票　• 矢代0票

我將投票結果寫在記事本上。

九賀與袴田各拿到兩票，投給九賀的是袴田與嶌，袴田稱讚九賀擁有一流領導力。

「就是有一種領袖魅力囉。所以我真心覺得自己贏不過他。每次九賀說什麼都讓人自然想依從，這就是所謂的人格特質吧。真的很厲害。」嶌也說了附和袴田意見的評語。

投給袴田的是森久保和矢代。看起來很緊張的森久保頻頻拭汗，說：

「我一直覺得我們六個人都很優秀，但老實說，就算少了九賀，也有波多野可以擔起他的角色，我也可以瓜代矢代負責的事，嶌和波多野負責的事，則是誰都可以替補，但只有袴田的角色無法替代。在大家拚命展現自己的時候，只有他始終冷靜地綜觀全局，扮演居中平衡的角色，所以我力推袴田。」

「說得我都不好意思了。」袴田搔頭，這麼說。溫柔笑聲包覆著會議室。

從澀谷車站就一路臭臉的矢代說明投票給袴田的理由時，口氣明顯沉穩許多：「我認為最可靠的人，就是袴田。」

令人開心的是，九賀投我一票。「我的看法和森久保的意見差不多吧。但我覺得波多野是群體中一個不可或缺的協調者；雖然任誰都有優缺點，但他的整合力最好，缺點也最少。」

雖然這番話讓我開心到想錄音下來，好好保存一輩子，但我只是淡然微笑地回了句「謝謝」。正因為面對的是重要局面，更要保持冷靜、冷靜。我這麼告訴自己，繼續為了選拔內定人選，思索最好的一著棋。

投票給嶌的我稱讚她很勤勉，擁有絕佳的實務能力。她似乎很高興，但沒有過於喜形於色，只是頷首道謝。

沒辦法自我吹捧，但要是不高聲主張自己的優點，很難提升別人對自己的評價，卻又忌諱說出貶損他人的發言，還真是困難重重的小組討論。我感覺西裝外套底下的襯衫已被汗水濡溼。

就在任誰都不曉得如何出下一招時——

「那個……是誰忘記拿走？」嶌問。

「啊，我也有注意到。那是誰的啊？」

袴田回應嶌的詢問。眾人的視線像被吸過去似地望向門那邊。因為我的視線剛好被坐在正對面的森久保擋住，根本看不到，趕緊稍微起身看看門那邊究竟有什麼；定睛一瞧，原來是個可以裝Ａ４大小紙張的白色信封，那種大小的信封最適合用來裝履歷表、報名表等。之所以讓人覺得它不是「遺失物」而是「忘記拿走的東西」，是因為它不是自然地躺在地板上，而是像梯子般靜靜地靠牆而立。

「那是誰的信封？」面對九賀的詢問，大家都表示不是自己的東西。

九賀覺得即便正在進行小組討論，但也許裡頭裝的是公司內部資料，應該馬上報告才行。起身離席的他靜靜地抓起信封，沒封住的袋口一拿起來就開了。九賀窺看一眼袋中，只見他瞬間頗詫異似地蹙眉，緩緩地伸手探向袋子裡。

既然不是我們六個人的東西，就不應該擅自察看吧。我之所以把這番話吞回肚子裡，是因為九賀從信封裡掏出來的小信封上，印著「波多野祥吾先生親啟」這排字。

我眨了眨眼，想說是不是看錯了。但千真萬確，那是為我準備的信封。就在我怔怔地不曉得該如何是好時，九賀又掏出一個信封，上頭寫著「袴田亮先生親啟」。

「每個人都有……要發給大家嗎？」

雖然沒人曉得到底是怎麼回事，但應該都認為之所以每個人都有一封，八成是為了小組討論而準備的吧。也許是Spiralinks準備的一件小道具，只是一時忘了放在桌上，或是忘了說明吧。

寫著「波多野祥吾先生親啟」的白色信封尺寸較小，是將A4紙張折成三折後可以塞入的大小。我一摸，有一點點異物感，想說透過日光燈瞧個仔細，無奈看不到裡頭塞著什麼，只瞧見有個微妙的影子，總覺得裡頭塞的不是折起來的紙。

我們一臉困惑地凝視著拿到的信封。

「也許是什麼有利於進行小組討論的魔法道具吧。」

就在袴田半開玩笑地這麼說時，面帶微笑的九賀用手指滑過紙袋縫隙，拆開信封。要說這舉動輕率，還真是有些輕率，就算上頭寫著自己的名字，在不知內容物為何的情況下，實在不該輕易開啟；但在這般特殊情況下，大夥兒不曉得如何進行下去的迷惑氣氛中，實在無法打從心裡責備擅自開啟神祕信封的九賀，因為緊接著袴田也做了同樣的事；要是九賀沒發出那聲驚呼，我肯定也會拆封。

「咦?!」

九賀看著從信封中抽出來的紙，只見他瞬間怔住，臉色越來越鐵青。「怎麼啦？」被好幾個人追問的他總算回神，露出有些猶疑、困惑的眼神，輕輕地將紙放在桌上，手還不住顫抖。

攤開來的是一張 A4 尺寸的影印紙。

紙上印著兩張圖片，圖片下方有一排未經加工、也無矯飾、簡簡單單，甚至感覺有點粗糙的明體字訊息。

我一時之間說不出話來。

只有會議室的空氣強行與地球自轉切割似地，完全靜止。

印在紙上的照片是某所高中棒球隊團體照，約莫三十名男球員站成三排，在應該是學校操場的地方合影。站在最前排，隊服上有球衣號碼的應該是主將吧，大家都穿著正式球衣，體格都很壯碩；站在後排的隊員們則是穿著用麥克筆標記個人姓氏的白色練習服。晒得有點黝黑的他們，身上穿的球衣校名不是那麼耳熟能詳，陌生的學校、沒聽聞過的棒球隊，不知為了紀念什麼的團體照。不過，照片上有兩張臉被紅色圓圈圈起來，一個是站在最後一排，體型嬌小的男生，臉上浮現怯弱笑容的他胸前寫著「佐藤」，應該是他的姓氏吧。除此之外，沒有其他訊息。

另一張被圈起的臉卻是熟面孔，位於最前排中央，胸膛特別厚實的男生不是別人，正是袴田。既然是高中時期的合影，這張照片少說也是三年前拍的了。袴田的模樣倒是和現在沒什麼差異。這也沒什麼吧，不過就是擷取他高中時期一頁青春的照片。

問題是，下方那張圖片是新聞報導的剪報，聳動標題迫使我的心臟冒冷汗。

【縣立高中棒球隊隊員自殺　自殺原因是被霸凌？】

因為是特地放大列印，所以從我的位子也能清楚看到報導內容。

「上個月二十四日，宮城縣立綠町高中棒球隊隊員佐藤勇也（十六歲）於石卷市的家中上吊自殺，被發現時已無生命跡象。警方從房間遺留的遺書研判是自殺，正持續搜查中。因為遺書內容暗示死者生前在球隊慘遭霸凌，學校、縣教育委員會隨即展開調查。」

報導下方還有一排字，應該是準備這個信封的人加上去的。

袴田亮殺人。高中時期的他霸凌隊員「佐藤勇也」，迫使他自殺。

（※另外，九賀蒼太的照片在森久保公彥的信封裡。）

不管是直盯著告密文，還是窺看被告發的袴田反應都是很恐怖的事；儘管如此，我還是戰戰兢兢、戒慎恐懼地抬起頭。要是他露出一向沉穩的笑容，「這是什麼啊？做得跟真的報導一樣，還真是厲害啊！」這麼說的話，或許我們還能重拾原本的氣氛；但袴田顯然慌了。情緒明顯失控的他脹紅著臉，倏然從椅子上站起，下顎淌落一滴汗，雙肩劇烈上下晃動，原本就很壯碩的身軀彷彿膨脹兩倍。不是我多心，袴田的確不尋常，顯得極為不安。

「……這是怎麼回事？」

無人回應。這是怎麼回事？我們也很想問袴田。只見他用憤怒、疑惑的眼神，逐一觀察我們五個人，粗魯地用手拭去臉上的汗水。

「誰……是誰？準備這種東西？說啊？」

「這是真的嗎？」

毅然決然拉住發狂猛牛身上的轡繩，提出質問的人是矢代。

「……啊？」

「那張紙上寫的是事實嗎？」

面對情緒明顯失控的袴田，矢代不可能不害怕。從旁也看得出來袴田那交抱胸前的雙臂，像要保護自身似地格外使力，明顯感覺得到他很緊張、恐懼；不過，矢代的眼神也很犀利，沁著毫不退縮的決心。

袴田用猙獰雙眼斜睨矢代，宛如準備狙擊獵物的獅子般稍稍縮起身軀，緊握的右拳彷如岩石。

「矢代……這封信是你準備的嗎？」

「你在說什麼啊？現在是我在問你吔。這是事實嗎？」

「這種事沒那麼重要吧。」

「什麼叫沒那麼重要啊！如果這是事實的話，就連和你待在同一處空間都覺得不舒服，根本差勁到沒話可形容。無關內定一事，這是品德問題。」

「……當然是謠言啊！」袴田語帶恫嚇地說，「我哪知道這種事啊！」

「不知道？根本是睜眼說瞎話吧。不是還有合照嗎？」

「知、知道啦！當然知道。」

「這個叫佐藤的人自殺的事是真的嗎？」

「沒錯！但他是個人渣……」

袴田明顯慌了，一時語塞。當他迸出這句話的同時，似乎察覺自己失策了。可惜這句話已經清楚、鮮明地烙印在我們的耳裡。沐浴在眾人狐疑視線下的袴田急著為自己辯解，卻被矢代的話蓋過：

「……你剛剛說什麼？你說自殺的人是『人渣』？」

矢代像要追擊無力辯解的袴田，繼續說：

「被霸凌到想不開的人，竟被說是人渣……真叫人難以相信。記得你是隊長吧？所以你是帶頭霸凌囉？還是縱容隊員的霸凌行為？不管是怎樣都很差勁——」

就在矢代說完的瞬間，袴田冷不防用硬拳朝桌子重擊。絕對不誇張，衝擊力道大得讓人以為會議室被轟炸了，迫使我們反射性地縮起身子。待這陣暴風退去後，我窺看袴田的模樣。

「抱歉……我失態了。對不起。」

恐怕沒人能夠坦率接受他的道歉。因為他那失控的一記重擊，無疑證明了這起告發是事實，成了難以撼動的鐵證。他就是用這記拳頭毆打「佐藤勇也」，不難想像那般光景。

「我最討厭破壞團隊和諧的傢伙，所以會毫不客氣地出手教訓。」我的腦子在最殘酷的時間點，浮現袴田那天在家庭餐廳說的這番話。此時——

「謠言。」

試圖穩住紊亂場面的九賀斷然迸出這句話。

「是謠言，沒錯吧？袴田。」

他用勸說似的口氣詢問袴田。只見袴田咬著唇，緩緩地咀嚼這句話，靜默了一段長到不太自然的時間後，回了句：

「……沒錯，是謠言。」

九賀像要說服自己似地點點頭，說：「拆開來歷不明的信封是我的疏失，真的很抱歉。大家忘了剛才看到的東西吧。當事人都已經說是謠言了，那就是謠言。要責備的話，就責備我吧。那這信封——」

九賀的話都還沒說完，嶌便插嘴：「這些信封……應該不是Spiralinks準備的吧？」雙眼充血的她極力克制不安似地，頻頻伸手摀著嘴，這麼說。

雖然不太願意這麼想，但確實應該不是。

Spiralinks的確是作風不同於傳統企業的新興創投公司，但應該不至於做到如此違常的地步。如果鴻上先生他們早就知道袴田的這起醜聞，大可直接淘汰，何必刻意讓他晉級到最後一關，也沒必要把這東西放在會議室，做為大家議論的素材，完全沒這必要。

我的視線落在置於眼前，署名「波多野祥吾先生親啟」的信封。

裡面放著什麼呢？不難想像。那封「九賀蒼太先生親啟」的信封裡，塞的是對於袴田的告發。那麼，我拿到的這封信裡應該也是針對在場五人當中某一位的告發；以此類推，恐怕在場的某個人拿到的信封裡塞著對我的告發。

頓覺喘不過氣的我抬起臉，正好對上其他人的視線。大家露出狐疑的眼神，瞅著彼此；但更令人恐懼，更想放聲大吼的是，每個人都露出害怕眼神。我們被內心的不安支配著，卻只有一人的扭曲表情是靠演技裝出來的。

裝出一副受害者的模樣，將烈藥帶進會議室的背叛者是——
犯人就在我們其中。

◆

第二位受訪者

小組討論會議的參與者——袴田亮（三十歲）
二〇一九年五月十八日（六）中午十二點零八分
神奈川縣厚木市區的某公園

哇！真的來啦！好懷念啊……和當時一樣都沒變呢！咦？當然記得囉。雖然只有一起面試過一次，但絕對忘不了。因為那五個人太特別了。不可能忘的。儘管最後變成那樣，不過啊，已經成了無法忘記的存在了。唉……真的好懷念。我變胖了，是吧？不會啦！別那麼客氣。我看到自己剛進公司時的照片，還以為是別人呢！好笑吧。我本來就是易胖體質，稍微不注意就變成這樣啦！身材瞬間走樣囉。

啊，我們坐那邊的長椅吧。這裡是我在這座公園的老位子。起初有個不認識的大叔和我爭位子，後來我每天來都坐這裡，搞得他沒輒了。我可是大獲全勝啊！哈哈哈！現在坐在這裡喝罐裝咖啡、吃飯糰成了一種習慣囉。抱歉，我吃個東西。

不好意思啦！穿著工作服。不管是總務還是經理，只要是在倉庫工作的人，都得穿成這樣。現在就算是管理階層，也要常常坐鎮現場，這也是沒法度的事囉。

嗯？是啊。週末也要工作。怎麼說呢？因為我們要輪夜班，所以是採做四天、休兩天的方式。也就是說，要是上四天班，就可以連續休兩天的意思，無關週末假日、國定假日。起初很不習慣，不過習慣後就沒差了。現在反而懶得週末假日外出呢！到處都人擠人，尤其小鬼們特別吵。怎麼說呢？就是那種感覺囉……是吧？小鬼們有時也會來這裡，因為那邊有個社區。我每次看到一大群小鬼在這裡集合，才會驚覺「啊，今天是週末」，反正就是這麼回事。

今天是搭電車來這裡？還是開車？……啊？計程車？從市區搭計程車過來？太強了吧……果然是有錢人啊！Spiralinks 的正職員工收入就是不一樣啊！哈哈哈！開玩笑、開玩笑。沒有嘲諷的意思啦！我是真的很尊敬你呢！你果然是最適合的內定人選，其他傢伙嘛，各有各的問題啊！

我？我畢業後就一直待在這間公司做物流。一開始是在新橋的總公司跑業務，幾年後調到辰巳的事務所；一兩年前，不，應該是四年前調到厚木這裡，現在是倉儲總務，是我自己希望轉任總務一職。跑業務那時真的很辛苦，都快瘋了。現在心情安穩多了。

現在回想，也許是拜求職活動之賜吧……怎麼說呢？莫名地想要奮發向上，突然變得非常要求自我，就正面意思來說，就是「急速成長」吧。到底想成為什麼樣的大人？到底想變成什麼樣的職場菁英？在明明什麼都還搞不清楚的情況下，就被催促著往前走。

因為我骨子裡就是個運動員，很容易一股腦兒地往前衝，一心只想進那種感覺成天有忙不完的事、標榜工作價值的大公司或知名企業……不管做什麼樣的工作都好。當時我家情況有點糟，所以更想賭一口氣囉。要是那時能順利進大公司當然好，不過我發現其實只要能夠按時下班，有穩定薪水就很滿足了。雖然當時我超想進Spiralinks，但要是每個月加班超過一百個小時，相信這樣才能體現工作價值的屁話，我想我的心肯定會逐漸腐化吧。畢竟那時的我深信忙就是酷。

進了這間公司之後，莫名有種「除了跑業務以外，其他都不是男人該做的工作」的奇怪自尊心，怎麼會有這種心態呢？一直到這幾年才覺得應該珍惜和老婆大人在一起的時間，也想要有我們的孩子。是啊……我是五年前結婚。嗯，就是一般的辦公室戀情。我可以抽根菸嗎？已經習慣飯後來一根了。不好意思哦。

咦？我那時沒抽嗎？不是啦！我只是沒在你們面前抽。我從十六歲就開始抽菸了。哈哈！這可不能說出去哦。那時的我還真是個滿口謊話的傢伙啊！

老實說，就是一種看自己能說謊到什麼地步的心態吧。我還記得謊稱自己在居酒屋當領班，還是什麼義工團隊的頭頭，還真敢講啊！……嗯，是啊！全都是胡謅。我是在居酒屋打工沒錯，但不是領班啦！店裡哪來什麼領班，哈哈哈！記得是大二吧，有一次和五個朋友一起去岐阜旅行，在那裡和旅館的人一起參與當地的撿垃圾活動。後來找工作時，忽然想到：「這不就是義工嗎？」義工團隊團長的頭銜就是這麼來的，厲害吧？總之，就是這麼回事，大家也沒懷疑。

真的很有趣呢！面試時，被問到義工團隊有幾個人？我就隨口回答「三十七人」，就這樣在腦子裡輸入「我帶領的義工團隊一共有三十七人」，想忘也忘不了。隨著一關關晉級，人設也逐漸完成。結果連自己在說謊的自覺都沒了，就連細節部分也能毫不遲疑地回答。真是有夠厲害啊！一臉平心靜氣地撒謊。求職生可真是天才啊……啊，不好意思。我也不知道怎麼會這樣，可能只有我這樣吧。哈哈哈！對

哦，還有那件事──

那小子也想跟人家打棒球……別笑死人了。也不秤秤自己幾兩重！真是夠了……想到就火大。

啊，抱歉。我是說那個啦！就是你很在意的啊！那個信封裡的東西。

是啊！全是事實。從頭到腳，全都是真的，霸凌、有人自殺。老實說啦，從沒想過會有那麼孬的傢伙。嗯？誰？就是佐藤啊！佐藤勇也。「我會每天都讓你嘗嘗這個地獄級拳頭，你最好有所覺悟！看看你身上的瘀青會有幾個囉！我可不會手下留情！」我撂下這番話的隔天，他居然就這樣走上絕路，真叫人傻眼。那小子簡直孬到極點。咦……我是不是說了什麼很可怕的事？不小心迸出口。哈哈！就當作沒聽到吧。不好意思。

可想而知，球隊馬上被要求停止活動。因為留有遺書，所以那小子自殺的事全都怪罪到我們頭上。因為他有指名道姓，我也就成了箭靶啦！雖然我們也不是那種以出賽甲子園為目標的強隊，但最後一次大會就這樣告吹，真的很不甘心啊！心裡還是多少有些疙瘩，畢竟青春的總決賽就這樣沒了。都是因為那個自私人渣自殺的關係──不行！一提到他，我就忍不住想痛罵。哈哈！可以別再提那蠢蛋的事嗎？

咦？哦哦，是啊……我也很在意啊！小組討論結束後，我也有調查。雖然不覺得能抓到告密的傢伙，但就是很好奇到底是透過什麼手段搜到佐藤那件事，真是有夠恐怖。結果一查之下，我真的被嚇到了。

看來「犯人」啊，應該是用社群網站，也就是當時的「mixi」吧。好像是逐一傳訊息給我朋友圈裡的朋友，也就是「my mixi」囉。好懷念啊！「my mixi」這詞……沒、沒事。訊息內容好像是「只要提供袴田亮這傢伙的惡行八卦，就給五萬日圓當作謝禮」。結果有個知道我的事，但和我沒那麼要好的傢伙把佐藤那件事爆料給「犯人」，來龍去脈大概就是這樣。

你覺得那最重要的五萬日圓要怎麼交易？現在的話，有「Pay Pay」、「Spira Pay」之類的行動支付可以解決這問題，當時可沒有啊！

就是利用車站的投幣式置物櫃。真的很敢，對吧？爆料的傢伙將情報，也就是球隊的團體照、地方報紙的報導放進置物櫃後離去。「犯人」打開置物櫃確認，放入酬金五萬日圓，根本就是黑道的交易手法嘛！那傢伙到底是多想拿到內定啊！真的叫人想到就害怕。

真的沒想到「犯人」會做這種事啊！我是不討厭他啦！真的不討厭啦！啊？他

死了？是哦……生病嗎？怎麼說呢？最後竟然變成那樣。唉，不堪啊！真的很不堪。

總之——危險！喂，你們這些小鬼給我差不多點！給我站住！別逃！小王八蛋……要是球Ｋ到別人可怎麼辦啊！喂，你們給我吭聲啊！可惡！要是害人家受傷，你們賠得起嗎？說話啊？骨頭可是會應聲斷掉哦！想試試斷掉的感覺嗎？喂，別哭啊！給我聽好！剛才落跑的那兩三個，給我馬上帶回來！休想就這樣溜掉！要是敢逃的話，留在這裡的所有人都會遭受地獄般的酷刑，最好給我有所覺悟！聽懂了就快去！馬上去逮人！

3

「總之，信封裡塞的是關於我們的惡意謠言。」

九賀用拳頭敲著告發袴田惡行的資料，這麼說。

「既然已經知道了，就沒必要拆開其他信封，馬上全都塞回大信封，處理掉吧。」

九賀的這番話，也就是我們頭頭說的這番話是如此強而有力。大家有如站在沒有安全護欄的懸崖邊，處於不安與恐懼中，他指示的這條路是如此明確，如此正確。沒人知道究竟是誰準備這些信封，但光想到有人做這種事，就覺得彷彿被試圖擰乾體內水分的失望與恐懼支配著；雖然不知道犯人是誰，但這麼做的目的再明確不過。

為了拿到內定資格。

除此之外，應該沒別的。信封裡塞著彼此的汙點，只要打開這些東西，就能利用所有人的評價，澈底擊垮其他人；雖然只要一個信封的內容還沒曝光，就無法得知具體的步驟與策略全貌，但可以確定的是，犯人之所以帶這些信封進來，就是為了拿到內定資格，企圖讓這場討論按照自己的步調進行。

既然知道犯人的目的，處理方法只有一個，那就是處理掉所有信封。因為裡頭塞著惡意謠言，只要大家達成共識，無須在意信封裡的東西，將對彼此的傷害降到最低，就能讓犯人的企圖露出馬腳。九賀的提議著實有理，就是應該這麼做。

「……等一下！九賀，」只見逐漸平復心緒的袴田，又有點呼吸急促地說，「那『犯人』怎麼辦？」

「什麼怎麼辦？」

「啊？當然要揪出來啊！」

「……怎麼揪出來？」

「要是不揪出來，怎麼進行下去？這樣下去的話，搞不好犯人會拿到內定資格，不是嗎？居然用如此卑劣的手段，根本是人渣——這、這樣像話嗎？我們不該縱容這種人，不是嗎？」

九賀的瞳孔瞬間浮現猶疑神色。

「首先，一定要揪出犯人。犯人就是要——」

「你霸凌又逼人家自殺嗎？」

響起啪的一聲，宛如氣球破裂般的幻聽，會議室裡垂墜著沉甸甸的烏雲。我不由得倒抽一口氣。矢代這句話促使袴田再次探出身子。

「矢代，就是你弄來這些信封吧？」

「你一直在胡說什麼呀！拿出證據啊！」

「仔細回想，你從一早就怪怪的……真的超怪啊！大家覺得呢？我覺得準備這些信封的犯人就是矢代。」

「是我又怎樣？」

「不否認？不否認的意思就是——」

響起咚的一聲。敲桌的是九賀，這聲巨響讓兩人嚇得噤聲。只見九賀嚴厲斥責袴田和矢代後，掏出手帕擦汗，喝了一口瓶裝水，用力吐了一口氣。

「再這麼無謂爭論下去，只是白白浪費時間罷了。信封裡的東西全是惡意謠言，所以不能相信。別再打開了。馬上處理掉，也別揪出犯人了。趕快回到原先的議題，我們沒有第二條路可以選擇，況且這麼做才是對犯人最大的抵抗，否則要是照信封裡的東西繼續爭論下去，不就正中犯人的下懷嗎？」

眾人沉默了約十秒，每個人都在用無法靈活運作的腦子拚命思考最好的選擇。腦子也是一團亂的我力持鎮靜地思考，總算同意似地點頭，嶌也輕輕頷首兩次。九賀似乎把我們倆的動作視為所有人的意思，用力頷首。

會議室的氧氣彷彿急速流失似地，不知何時開始成了一處令人窒息的空間。明明空調正常運轉，室溫也算舒適，大家卻頻頻冒汗，與包覆著好幾層的緊張、恐懼和壓力搏鬥著。要是可以的話，我真想退出；但不能這麼做，因為退出意味著喪失資格。

「大家把自己手上的信封塞回這個大信封——」

就在九賀將最初發現的大信封放在桌子中央時，響起電子聲響，聲音來自九賀的智慧型手機。早已忘了這件事，那是為了通知投票而設定的計時器。我們每三十分鐘投一次票吧——提出這規則的不是別人，就是我。

任誰也沒想到已經過了三十分鐘。應該說，才過了三十分鐘而已。這意味著，我們還得待在這裡繼續搏鬥兩小時。

九賀決定暫停回收信封，舉行第二輪投票。嶌和方才一樣，站在白板前，所有人採舉手方式投給自己覺得最適合內定的人選。才剛開始不久，數字的無情就讓人忍不住嘆息。我那將投票結果寫在記事本上的手抖個不停，不過才三十分鐘，就改變了信封登場前與登場後的世界。

■第二輪投票結果

- 九賀3票
- 波多野1票
- 矢代1票
- 嶌1票
- 袴田0票
- 森久保0票

■截至目前的得票數

- 九賀5票
- 波多野2票
- 袴田2票
- 嶌2票
- 矢代1票
- 森久保0票

果然，袴田這一輪的票數掛零。

「開什麼玩笑啊！」

袴田斜睨著第一輪投票給自己的矢代與森久保。我能理解袴田對他們的怨憤心情，因為他們的意見之所以改變，原因很單純，就是因為那封來路不明，沒有確切根據的「不公平」告發。

即便如此，比起袴田的心情，我更深痛理解他們兩人變卦的心情。雖說是謠言，就算認定是謠言，也無法完全不在意，加上袴田讓人見識到他丕變的態度，這舉動比匿名告發更具說服力。

「……那就處理掉吧。」

就在九賀再次遞出大信封時，袴田淒聲厲吼：

「先揪出犯人！不管怎麼想，我就是覺得不能就這樣結束！」

「你是要怎樣揪出犯人啊！」

無法馬上提出好點子的袴田彷彿被狠狠地戳了一下。

「總之，忘了吧。忘了這一切，全都扔掉。也只能這樣了。先回收信封吧。」

會議室的氣氛陷入膠著。

「快啊！」

面對九賀的催促，大家之所以沒有馬上返還信封，不是因為捨不得處理掉，而是不知為何，總覺得要是表現得太積極，恐怕會惹惱袴田。

發現沒人返還信封的九賀顯得有些焦慮，再次催促，還將袋口朝向坐在他右側的森久保。森久保看了一眼，立刻將自己的信封遞給九賀——就在我這麼想時，森久保竟然沒有任何動作。

可能沒注意到的九賀又說：

「先從森久保開始繳回。」

就在九賀語畢時，有個弱弱的聲音回道：

「……讓我再想一下。」

「想一下？什麼意思？」

「你知道的啊！」

「……啊？」

「就這樣處理掉這信封真的好嗎？」

就在我懷疑自己聽錯時，森久保嘆氣，摘下眼鏡，用手帕仔細擦拭。那是我見過好幾次的動作，當他深思熟慮時一定會這麼做。只見他像在忍受痛楚似地用力閉上眼，隨即又想起什麼似地睜開眼，凝視著自己手上的信封，一邊用手帕擦拭眼鏡。

九賀祈願自己聽錯似地一直拿著大信封，直到察覺森久保真心覺得有必要留下這些信封，他才失望地將空信封扔在桌上，然後睜著無力雙眼，怔怔地瞅著森久保。

「我知道啦……我現在沒拿到半張票，可是我真的很想進這間公司。」

森久保凝視著手上的眼鏡，像在辯解似地喃喃自語。

「總覺得……可以預測會是這樣的發展。我本來想打開心房……畢竟我不像你們那麼善於交際，也就是說，我沒有什麼相處起來很愉快的朋友，所以要被大家認同我是最適合的內定人選，肯定是番苦戰，這我早就料到了。」

「所以你要讓如此卑劣的人稱心如意？」

面對忍不住這麼問的我，森久保回道：

「你錯了，波多野。相反啊！多虧這些信封，我們才知道誰是真正卑劣的人，不是嗎？」

我無法反駁。袴田依舊怒目斜睨著森久保，森久保卻瞧也不瞧他。

「照這情形下去，再怎麼想，內定人選就是九賀，」森久保如此斷言，「第二輪投票，九賀已經拿到五票，要是一路順利下去的話，肯定大勝。雖然不知道是誰準備的，但手邊這東西搞不好就是可以翻盤的牌。現在不是說漂亮話的時候吧。這封信好像塞著『九賀的照片』……那麼為了我，也為了其他四個人，打開這封信或許有加分作用。既然有用，就得想想要怎麼用，與其在這裡扮演好人，等著被淘汰，我寧可多少身沾泥濘，賭一賭往後幾十年在 Spiralinks 工作的可能性。」

「……但也可能造成反效果啊！」

一臉泫然欲泣，這麼哭訴的是嶌。只見她拿起桌上那張告發袴田醜聞的紙，用纖細手指指著下方的一排字。

「這裡寫著『另外，九賀蒼太的照片在森久保公彥的信封裡』，你覺得為什麼要這麼寫呢？」

森久保停止擦拭眼鏡。嶌繼續說：

「這個大概是等九賀打開信封後，用來指明九賀的照片放在哪個信封。要詛咒人，就會挖兩個坑。我想這麼做絕對不是只有給打開信封後，被爆料的人一記重擊。如果這訊息不是假的話，那麼森久保手上那封信一定塞著九賀的照片，可能也是攻擊九賀的『八卦』，企圖貶損他的形象之類。雖然無論是什麼樣的照片，我都堅信是謠言，但九賀的票數也許會因此減少，而且還不是這樣就結束了。搞不好告發九賀的照片下方也會寫著：『另外，森久保公彥的照片在誰的信封裡。』所以森久保，你也會因此身陷險境，影響大家對你的評價啊！所以這麼做一點好處都沒有。」

「……你說的，我都知道。」

森久保總算戴上眼鏡，像要射穿什麼似地盯著嶌。

「既然如此，打開信封才是誠實面對，不是嗎？」

「你在說什麼啊？」

「只要打開信封，我就得冒著自己的『照片』被公開的風險。就像嶌說的，我會身陷險境；但如果有此覺悟，還是堅持打開的話，不就表示『我沒有任何不可告人的不堪過往』，藉此間接凸顯自己的優點，不是嗎？總之，先打開瞧瞧，確認一下『九賀』的照片，如果確定他真的是個優秀之人，支持他的傢伙就繼續支持他囉。我願意冒著風險，增加這次選拔考試需要的情報，只是這樣而已，有什麼不對嗎？」

他說的完全合理。這想法瞬間掠過我的腦子，我為了拂去邪念似地輕輕搖頭。什麼才是正確的作戰策略？什麼才是身而為人該做的正確行為？我想打造能讓腦子冷靜思考的環境，卻苦無對策。總之，我認為不該容忍這種基於惡意而擬定的作戰策略。

「你錯了。」我說。

森久保用冷冷的表情，瞅著我。

「信封是從外頭帶進來的東西，所以不管是什麼樣的形式都不該拿來運用。」

「那我問你，波多野。你會把內定資格讓給我嗎？」

就在我一時語塞時，森久保馬上詢問在座眾人似地說：

「如果我是內定人選的話，就不開這封信，除此之外的條件我都不接受。我要拆開了。」

已經沒人能阻止森久保。只見他將手指伸入紙縫，弄開黏封處。我一邊聽著紙裂開的聲音，一邊凝望天花板。為何會發生這種事呢？當然是看不見的犯人所為，但完全沒有任何關於誰是犯人的頭緒。

我們可以在某種程度上掌握彼此的底細，雖然不是件簡單的事，但只要有此意圖，就能調查彼此的過去。所以理論上所有人都可能是犯人，只要將取得的情報裝進信封，帶進會議室放置就行了。但是想揪出犯人可不是件容易的事，難度相當高。

森久保裝出一如往常理智又冷靜的表情，但明顯被什麼給迷惑了心。只見他一副公事公辦的模樣淡然拆開信封，然而從他的瞳孔深處滲出裊裊上升熱氣般的盲信，不顧對他失望透頂的九賀，用那眼神主張自身權利的同時，也不隱藏對於袋中內容物的膽怯，呼吸因而顯得有些紊亂。此時的嶌抱頭看向地板，袴田則是壓抑滿腔怒氣，盯著正在拆信的森久保。就在這時，我懷疑自己眼花。

矢代笑了起來。

她就坐在我的右手邊，所以我比誰都能觀察她的表情變化。難不成我看錯了？我直盯著她的側臉，觀察了約三秒。她的表情確實變了，只是露出來的不是曾讓我瞬間心動的夢幻笑容。她確實笑了。彷彿很高興見到事態惡化，期待心浮氣躁的森久保醜態盡顯似地，露出纖細、犀利又美麗的笑容。

就在這時，我想起小組討論即將開始之前的事。矢代站在門附近，不知道在做什麼的奇怪舉動，那個大信封就是擺在門附近，不是嗎？那時我想說她大概在找什麼東西，難不成——就在我這麼揣測時，森久保從信封中抽出一張紙。

森久保看都沒看，直接將紙攤放桌上。我們六個人同時看向那張紙，也同時沉默不語。

這次，紙上印著三張照片。

最上面那張是九賀和同齡女性在海邊比V手勢的照片，兩人那麼貼近，看來她應該是九賀的女友。女孩留著一頭茶色短髮，T恤搭配五分褲，腳下踩著夾腳拖；雖然沒穿泳衣，但一看就知道是去海邊玩。長相甜美的她站在九賀身旁非常相襯，著實是一對讓人羨慕嫉妒恨的帥哥美女情侶——這麼形容並無不妥。

比起我們至今見過的九賀，照片中九賀的笑容燦爛得更加刺眼，照片上用紅筆寫著「SOUTA&MIU」與日期，還用紅筆繪了好幾顆心。

這張照片和袴田那張球隊團體照一樣，並沒有什麼不尋常之處。

但接下來的第二張照片可就不是這麼回事了。看起來好像是偷拍上課光景，一處大概能容納五百人的大教室，雖然是成排木製桌椅的傳統裝潢，但是風格頗時尚，感覺是竣工不久的教室。拍照的人應該是坐在教室中段位子，拍下幾位學生看向白板，正在聽課的模樣，照片上有兩個紅圈，一個紅圈裡有九賀和五六個男女聽課的樣子，另一個紅圈則是看起來好像和九賀他們沒什麼關係，獨自坐在離他們有段距離的女學生，也就是和九賀在海邊拍照的那個女生。

第三張照片是某份文件的影本。我不想細看，應該說，沒必要細看，因為「人工流產手術同意書」這斗大字眼早已映入眼簾。「本人」欄上寫著「原田美羽」，然後「配偶欄或陪同者」一欄則是寫著「九賀蒼太」，所以沒必要再說明什麼。

九賀蒼太很無情。他讓女友原田美羽懷孕，又逼她墮胎，居然還始亂終棄。

（※另外，森久保公彥的照片在嶌衣織的信封裡。）

我受到的衝擊比得知袴田的醜聞時，還大上好幾倍，為什麼呢？可能是我一直對九賀抱持敬意、憧憬，懷著為運動選手加油般的心情欣賞他。

也不是毫無預感，但就是想相信他。

我多麼希望我們的領頭羊抬起頭，平心靜氣地說這是惡意造謠，子虛烏有之事，然後露出從容笑容要我們回歸正題，繼續討論。可惜他粉碎我的一切期待。

只見九賀粗魯地搔著頭髮。他那原本用髮膠梳整，漂亮到令人著迷的髮絲，現在有如剛睡醒似的亂到不行。這才明白，他那張堪稱好青年的俊秀面容，原來是本人精巧操控出來的奇蹟。九賀露出判若兩人的無賴表情，沒品地咂嘴一聲，用不滿賭馬賭輸般的口氣斥罵：

「……媽的！」

我只能直盯著坐在原本九賀坐的位子上，那個陌生男子。

◆

第三位受訪者

小組討論會議的參與者——九賀蒼太（二十九歲）

二〇一九年五月十九日（日）下午二點三十五分
水天宮前車站附近某間飯店的大廳

你那時一直盯著我看，對吧？

什麼時候？就是那時啊！我的「照片」被抖出來之後。

當然知道啦！侮蔑、失望、狐疑，你用混雜各種情緒的渾沌視線看著我。沒想到這種事很容易察覺呢！

點你喜歡喝的飲料吧。如果還沒吃午餐的話，這裡也有輕食可選，記得是三明治吧。啊，這個是飲料單。好像是這個的樣子……對，就是這個，俱樂部三明治，挺不錯吃哦！吐司的口感頗扎實。

沒啦！我沒投宿這裡。只是想說好久不見，要聊聊的話，在這種地方還不錯。我工作的地方算是在六本木吧。其實沒那麼常常回總公司，就是過著半游牧民族般的生活囉。

我現在待的是ＩＴ產業。啊，不是、不是，我剛畢業時待的是手機產業，大概做了三年吧，負責開發公司團體方面的業務。說穿了，就是跑去客戶那裡，挖掘各種關於ＩＴ方面的問題，然後拚命推銷自家公司的產品服務，鞏固地盤的工作囉。怎麼覺得這工作聽起來很不道德啊！哈哈！不是在幹壞事啦！其實還頗受客戶肯定呢！所以做得很有成就感，很開心。

我現在待的是朋友創業的公司。我大學同學腦筋一流，就是那種博學多聞的人吧。不管做什麼都能做得很好，能言善道的傢伙呢！不但說起話來幽默風趣，運動也是一把罩，很會發想各種點子，也很有領導力。咦？我？當然不能跟他比啊！不是我謙虛，是真的啦！真的。他四年前發想了一款有趣的ＡＰＰ，問我有沒有興趣一起創業。去年下載次數還突破三千萬呢！不曉得嗎？就是這款ＡＰＰ，這個藍色圖標。哦？知道？好開心哦。頂尖的Spiralinks居然知道我們公司的產品。

Spiralinks的規模又擴增了吧。雖然社群網站ＳＰＩＲＡ過沒幾年就衰退了。但隨著「ＬＩＮＫＳ」普及，光憑「Spira Pay」的市占率，你們就是目前稱霸日本的頂尖ＩＴ企業了。應該是多虧你的努力吧！哈哈！不必那麼謙虛啦！因為你真的很優秀。

Spiralinks啊！還是很想進去啊！雖然現在做得也挺快樂，但還是想在那樣的辦公室工作囉。當時，我和死黨一起報考，沒想到那傢伙第二關就被刷下來了。我們可是拚了命想進去呢！Spiralinks果然沒那麼容易進去。聽說總公司已經不在澀谷？

新宿嗎？是哦。人也變多了吧？時代也變囉。

好懷念哦。求職活動。感覺好像是不久之前的事，其實已經過了很久。那一天，不，那兩個半小時，可是讓我們的命運搭上完全不一樣的軌道。啊，對不起，我不是要挖苦拿到內定資格的你。只是現在想想，還是覺得求職活動可是改變人生的大事啊！

啊，三明治是我們點的。如何？挺好吃的吧？啊，可以嗎？那我就不客氣地拿一個吃囉。不好意思，其實我有點餓。

那段求職活動時期，真的是人生最混亂的時期。想說自己都不太了解自己，索性跑去書店買了一本自我分析的書來看。哦，是哦。原來我是這樣的人啊！現在想想有點可笑，當時可是超認真呢！

例如敲門不能敲兩次，要敲三次；郵寄履歷表時，一定要用白色信封；走進公司之前，一定要脫掉外套；就算只是說明會，也會裝置隱藏式攝影機，觀察你的一舉一動，真的是各種潛規則啊！但最厲害的還是端出內定這招必殺技吧。當時真的是超認真準備。漫畫裡頭不是常出現嗎？選拔考試、面試之類的場景。這就像是為了成為太空人的資格考，或是成為忍者的試煉。哈哈！我會看啊！很意外嗎？我超愛看漫畫。

總之啊，就像漫畫描繪的考試情節，故事重點往往不是擺在個人的實力，而是朝另外設立的一個評價點開展。我覺得求職活動就是這麼回事，好比不怕死地直接說面試官的襯衫領子沒拉好，居然就被錄取了。就是像這樣子囉。不過，怎麼說呢？搞不好還真的有企業就是這麼搞的吧。不管怎麼說，都已經活了快三十年，還是完全沒搞懂求職活動到底是怎麼回事。

我是說可能啦！這世上最容易被騙的人就是求職生吧。因為那段時期真的很混亂。對哦。講到詐騙，那件事真叫人懷念啊。算了，還是別提了。

不管怎麼說，也不是完全無法理解「犯人」為何要計畫周密地引爆那起「信封事件」的心情吧。居然那麼輕易地做了平常就算想想，也不會付諸行動的事；雖然「犯人」最終沒有拿到內定資格，但要是再稍微順利進行的話，搞不好就拿到了。不覺得那真的很像求職活動才會發生的「事件」嗎？至少我是這麼覺得。

因為那時真心覺得我們能成為夥伴，所以被背叛的心情真的很不好受，不過事到如今，嗯，有點同情吧。雖然「犯人」做了不可原諒的事，但也是被逼到不得不那麼做的窘境。下次我也去掃個墓吧。雖然在一起的時間很短暫，但我們也算是一種「同事」吧。當然如果可以的話，真心希望能來場「公平」的競爭。

嗯？是哦。想問問那件事，是吧？

全都是真的，沒有任何辯解的餘地。不過怎麼說呢？事到如今，也沒必要再解釋什麼吧。反正不管哪裡都會發生這種事，只不過是窮極無聊、差勁到不行，愚蠢年輕人幹的蠢事罷了。

我當時確實有女友。我們不是一時興起，而是兩情相悅，她就這樣懷孕了。我那時真的慌了。陪她去醫院墮胎時，真的有種如釋重負感。後來因為關係變得很尷尬就分手了。就是這麼回事。

聽說「犯人」好像是透過社群網站蒐集情報的樣子。有好幾個人告訴我，有個傢伙在mixi、臉書打探我的八卦，時間點就在那次小組討論的前後。「犯人」一步步執行他的計畫，成功和我的前女友原田美羽小姐搭上線，還真是厲害啊！照片八成是她提供的吧。還有墮胎同意書、我們的合照也是，除了我以外，也只有她有這些東西。她應該很恨我吧。

啊，要再來一杯嗎？真的不用？等一下還要工作嗎？沒有？不是工作嗎？不過，待在Spiralinks也很辛苦吧。哦？不會嗎？畢竟是頂尖企業，工作肯定繁重；雖然很羨慕，不過我覺得你是最合適的內定人選，今後也要加油哦！

難得見面，送你一程吧。反正我是開車過來的。你說是在中野那邊，對吧？剛好順路。我等會兒還有個應酬，要說跟工作有關嘛！也算吧。廣義來說，就是討有利害關係的人歡心啦！沒錯、沒錯，就是這意思，裝得很會喝的樣子，其實根本不會喝，也不喜歡喝。

說到這個，我是這幾年才知道，所以聽到時很驚訝呢！原來發泡酒和啤酒是不一樣的東西。哈哈！很驚訝嗎？我一喝，馬上就頭痛，我們家的人都是這樣。所以聚會什麼的，可以放心地開車赴約。基本上，我也不想和那種人家都已經說不喝了，還硬逼人家喝的傢伙扯上關係。不過，通常說一句「我今天有開車」，就能讓這種傢伙閉嘴。不過啊，這招好像是近幾年才奏效吧。記得念大學那時，總覺得要是說自己不能喝酒，就會被看扁，就是有這種被害妄想，只好一直裝作自己很能喝的樣子。大學時代還真是愛扯謊啊！

啊，不行，別這樣。我來買單。你願意和我聯絡，就已經很開心了。就讓我藉機耍帥一下嘛！我要刷卡，麻煩了。好，沒問題。

我們搭電梯下樓吧。我的車停在地下室。

停的位置還不錯。喏，就在那裡，一出電梯就看得到，那輛白色奧迪。別客氣，上車吧。其實我來的時候就打算這麼做了。為什麼？當然是想秀一下這輛奧迪Q5囉。我最喜歡的德國車就是奧迪，雖然BMW、賓士也不錯，但怎麼說呢？奧迪給人一種沉穩的實力派印象，是吧？

嗯？什麼？

位置？我當然知道啊！畫了一個這麼大的輪椅圖案，就是要昭告天下這裡是身障者專用停車區。反正空車位多得很，況且這裡離電梯近，比較方便，想說停這裡就對了。有什麼問題嗎？

4

計時聲響起。

在沒人出聲抱怨的情況下，就這樣響了超過一分鐘，九賀才按掉。我們必須舉行第三輪投票。

「全都是……惡意造謠。」

嶌並非詢問誰，而是一派篤定的口氣。會議室一片靜默，只見她站起來，拿起麥克筆，露出祈願的表情看向負責主持會議的九賀，彷彿希望他趕快振作起來。

「……沒錯，都是謠言。」

我接續吐出這句毫無說服力的話。嶌聽到這句話，點點頭。我像要給她什麼暗示似地，也朝她頷首。

對於袴田的告發，還能想說可能是子虛烏有的爆料。畢竟就算袴田所屬球隊爆出自殺事件是事實，霸凌的主嫌也不一定是他；但對於九賀的告發可就不一樣了。

那些文件資料的影本實在令人印象深刻，絲毫沒有誤會或是搞錯的餘地。

那是事實。

令人意外的是，拆開信封的當事人森久保對於九賀的爆料照片等，並未做出任何反應。可能是在思忖如何針對告發的內容，來個更惡意的批評吧。只見他一臉嚴肅地盯著桌面，或許是犯案後的罪惡感與達成感剛好相互抵銷，抑或是因為已經成功貶低九賀的評價，研判不必再出手攻擊；也或許是因為告發的內容太勁爆，一時驚怔也說不定。

「……是矢代搞的鬼吧。」

袴田整個人靠著椅背，開門見山地問：

「大家覺得呢？除了矢代以外，我想不出還有誰會做這種事。」

「講話要憑良心，」再也笑不出來的矢代不悅地蹙眉，「就算信封是我準備的，就算我從中搞鬼，也比殺人好多了。不是嗎？」

「你這是在說誰啊？」袴田的臉上浮現沒品的笑容反問，「九賀嗎？」

我忍不住斥責袴田。雖然被他回瞪，有些害怕，但這瞬間絕不能退縮。我伸手指著隱藏在觀葉植物後方的四臺攝影機，說：

「鴻上先生在隔壁看著我們的一舉一動，也全都錄了下來。為了讓我們留到最後一關的人事部那些人，也為了我們彼此，應該謹慎發言，別說些沒品的話。矢代也是。」

袴田迅速瞄了一眼監控用的攝影機，像在反省自己言行似地嘆氣，微微垂眼。矢代則是閉上眼。

「……投票吧。」

九賀一副出於義務感似地說。

他用手梳整過頭髮。雖然多少變回俊秀模樣，卻難掩蒼白面容。只有眼神設法拾回些許神采，每個動作卻纖細得彷彿全身血液被抽了好幾公升，頓失力道。

投票結果大致如森久保所願。

■第三輪投票結果

- 波多野2票
- 嶌2票
- 九賀1票
- 森久保1票
- 袴田0票
- 矢代0票

■截至目前的得票數

- 九賀6票
- 波多野4票
- 嶌4票
- 袴田2票
- 矢代1票
- 森久保1票

在第二輪投票一舉拿到三票，也就是最多票的九賀，這次票數明顯減少，之所以這一輪沒掛零，是因為堅信那些都是謠言的嶌投他一票，九賀才得以保住第一的寶座。但投票次數還剩三次，他真的能守住寶座直到最後嗎？這就是微妙之處。

我到現在還是覺得每三十分鐘投票這點子絕對不壞，但前提是必須在自然狀態下進行討論。

這個投票機制與那個「信封」產生不良的交互作用。每次投票都可以清楚看到人氣流向，促使我們焦慮不已。每次心生的焦慮又催化想利用信封達到目標的心情，打開信封的效果又看得一清二楚——就這樣逐漸完成地獄般的循環。

犯人準備的信封，可說是無法原諒的惡魔道具。然而，如此卑劣的東西卻抑制住九賀的一枝獨秀，進而推了我一把，這是千真萬確的事實。九賀的票數再也回不去了。這下子就成了分別得到四票的我和嶌領先，總覺得為了這種小小效益就沒品開心的自己很不堪。

雖然沒人挑明這件事，但這一輪除了九賀的票數明顯減少之外，還有一點很妙，那就是利用信封達到目的——做出這種理應不會被認同之行為的森久保，居然得到一票。

投給他的是，矢代。

這是獎勵他善用信封而投的一票嗎？再次覺得這麼揣測的自己真的很不堪。不曉得再投票下去有何意義可言，只覺得很不安。就連森久保自己也很驚訝矢代居然會投給他。當然，任誰都沒權利指責這種事，儘管很想問問為什麼，會議室的氣氛卻不允許這麼做。

約莫還剩一個半鐘頭——討論時間還很充裕。

「我們繼續討論吧……九賀。」

九賀還沒對我的這句話有所回應，室內便響起撕紙的聲音。不會吧……袴田正在撕開自己手上的信封。

「你……在幹麼啊！」

「看來也只能這麼做了吧。波多野。」

袴田放棄比想像中黏得還緊的封口，直接撕毀信封最上面的部分。

「我無法原諒犯人。我覺得犯人八成是矢代，只是不知道如何證明。那該怎麼辦呢……既然這次的選拔考試又回到九賀最喜歡的『公平』狀態，那麼答案只有一個，就是打開所有信封，只有這方法。」

我的內心備受衝擊。不是無法理解袴田的想法，相反地，我明白以他的立場來說，他的想法才是最合理、最有說服力的意見。因為只打開兩個信封並不公平，要是全都打開的話，就能回歸公平的討論。

可是，這麼做——

「不對吧……這麼做明顯是錯的。」

「我知道你很害怕，波多野。但我除了這麼做以外，別無他法。照這情形下去，我和九賀根本沒機會拿到內定資格，不是嗎？所以為了挽回局勢，只能這麼做。要是想讓使出犯規招數的選手搞出來的遊戲回歸公平，就只能改成所有人都可以犯規的規則。就像嶌剛才說的，打開信封的同時也要冒著自己的照片被公開的風險；不過可惜的是，已經被公開照片的我沒什麼好失去的了……不是嗎？雖然不曉得這信封裡塞的是誰的照片，但我不想為了隱匿『那個人』而繼續扮好人。其實我也不想這麼做。直到選拔方式改變之前，我真心覺得在這裡的六個人……我們大家能一起進Spiralinks當同事。我並不討厭你們，真的，是真的！」

「既然如此，就更不能打開啊！我們不是朝著同樣目標前進的夥伴嗎？我們在一起相處了好幾天、好幾週，已經十分理解彼此，不是嗎？」

「就是一點都不明白，才會那麼驚訝啊！」袴田忿忿地咬唇，「難道不是嗎？波多野？我很可怕吧？對吧？變得很可怕吧？我們的關係就是這麼回事啊！你們看到的我並非完整的我，這我承認，所以我也改變想法了。同樣地，我看到的你們也不是完整的你們。六個人當中有像我、像九賀一樣的傢伙，還有準備這種『信封』，最差勁、最惡劣的卑鄙小人。我們就是這麼回事啊！總之，我要拆開，拿出裡面的照片，對不住啦！」

嶌也試圖阻止袴田，無奈僅僅幾秒，信封就被拆開了。從裡面掏出來的——不是我的照片。我無法安心似地一度緊閉雙眼，隨即像要縫補自我嫌惡、悲傷與腹黑好奇心之間的縫隙，窺看攤放在桌上的紙。

相較於前面兩位，算是比較沒那麼衝擊的兩張照片。

一張是身穿大膽露肩深紅色禮服的美麗女子照片。坐在黑色沙發上的她，一雙白皙長腿微屈，面對鏡頭露出誘人微笑。髮色相當亮麗，妝容也很美，錯不了——就是矢代。

相較於第一張照片明顯出自專家之手，第二張則是和九賀被拍到上課情形一樣，應該是被偷拍的照片。拍照的人可能是站在對街，拍下身穿便服，走進一棟住商混合大樓的矢代。

矢代翼是歡場女子，在錦系町的酒店「Club Salty」工作。
（※另外，袴田亮的照片在九賀蒼太的信封裡。）

有如單憑一招就能翻轉局勢的黑白棋，隨著照片登場，迄今為止的所有不尋常感都在我的內心梳理著。矢代之所以酒量莫名的好，酒席上落落大方的態度，比誰都能言善道，一舉一動都很有魅力；明明還是學生，卻能拎個愛馬仕包，還認識不少可以受訪的社會人士，種種理由從白翻黑，逐一釋疑。

「……原來如此。」

可悲的是，這句話或許代表了當事人之外，所有人的心情；而且喃喃說這句話的人是九賀，讓我詫異得說不出話來。

「什麼意思？」矢代霸氣回嗆。

「沒、沒什麼。」

「我看就是有什麼！什麼叫『原來如此』？」

「真的沒什麼啊！只是脫口而出罷了……沒別的意思。」

可能覺得這麼做最好吧。只見矢代沉默片刻後，態度驟變地笑著說：

「我的不是什麼謠言，確實如同紙上寫的，我在酒店工作，那又如何？只是在餐飲店打工而已，有什麼問題嗎？也沒犯罪什麼的，不是嗎？我確實謊稱自己在家庭餐廳打工，但除此之外也沒什麼好被責備的。我有做錯什麼嗎？」

她的態度遠比這番說詞更為盛氣凌人。大家都放棄反駁，在她面前噤聲，會議室氣氛變得更沉重。我們不僅逐漸看不清自己構築出來的東西，就連這場會議的目的也變調。儘管我認為無論選誰都是正確的選擇，但原本這場會議的目的應該是從精銳中選出最優秀的人，卻不知從何時開始變成像在抽鬼牌似地，看誰能幸運得勝。

「……連自己的照片都準備啊！」

像是再也無法忍受宛如無盡深海的沉重壓力，袴田吐出這句話。

「什麼意思？」

「還問什麼意思……矢代，你也準備了自己的照片，對吧？」

「又在扯這種事？真是夠了，」矢代的臉上浮現一抹嘲諷笑意，「不管怎麼想，犯人只有一人，不是嗎？」

雖然沒有什麼確鑿證據，但要是問我覺得誰最可疑，我也會說是矢代，畢竟她從一早就怪怪的。也許除了我以外，沒人察覺，但我看到她方才在門邊的不尋常舉動，還有森久保拆開信封時，她那大膽無畏的微笑，還投票給森久保，所以不管怎麼想，她最可疑。

不過，當告發她的資料曝光時，整件事確實變得不太一樣。所以說，犯人也刻意準備了告發自己的資料嗎？會議室裡有六個人，準備了六個信封，不管怎麼想，都是準備了要分別告發六個人的資料，足見犯人肯定也準備了告發自己的資料。那麼，犯人究竟要以什麼樣的計畫取得內定資格呢？

我瞄了一眼其他五個人的臉，發現森久保在看一張小紙片，一張名片大小的白色紙片。森久保大概察覺到我的視線，趕緊捏扁紙片藏起來，就這樣低著頭。

「準備這些信封的人，只有一個。」

這麼斷言的矢代凝望著門那邊。

「信封不可能從地板長出來，所以只能藏在門後。那扇門直到會議開始前一直都開著，對吧？因為是往內開，所以門敞開固定後，門後便成了一處死角。所以直到會議開始前，包括人事部的人在內，都沒人發現那個信封；但是門一關上，沒了門板遮掩，等到會議開始，大家都發現那個信封的存在。於是，不知道是誰準備的信封，就這樣突然又自然地出現在會議室。看起來就是這樣的企圖，不是嗎？」

「這種事不用說明，我們也知道啦！你到底想說什麼啊？」

面對袴田的質問，矢代一臉嫌煩地說：

「犯人在家拚命蒐集大家的醜聞八卦，小心翼翼地塞進信封，然後找個適當時機，在不被別人察覺是他所為的情況下將信封放在會議室。那麼，要怎麼做才不會被發現呢？方法只有一個，那就是比誰都早踏進會議室，找個好地方擺放信封。所以當大家說好要在澀谷車站集合時，想必犯人一定很氣吧。必須找個適當的藉口，自行脫隊才行。」

矢代暗示的是誰，答案很明確。

沐浴在所有人的目光下，彷彿被逼到不得不開口的森久保反駁：

「……根本是謬論，也沒任何證據。」

他扶了扶根本沒歪掉的眼鏡。

「剛才實在太好笑了，」矢代毫無退縮之意，繼續犀利發言，「一本正經說明為何要拆開自己準備的信封，還真沒見過那麼滑稽的人呢！叫人傻眼得忍不住投一票當作謝禮。反正我不會再投給你第二次了，就當作餞別禮吧。自己先承認的話，罪也比較輕，如何？還要裝蒜嗎？」

「咳！」森久保為了掩飾自己的詞窮，故意咳了一聲後，勉強擠出笑容，「少在那邊胡亂臆測，血口噴人，任誰都有機會抓住時機放那種東西。」

「至少我們進來後，沒有人在門附近做出什麼可疑舉動，況且要把那麼大的信封藏在門後，應該會有人注意到，但確實沒看到有人放那個信封。問題是，我去洗手間時，就已經看到白色信封藏在那裡。那時還不知道那是什麼，想說快要開始討論了，也就沒怎麼在意……現在想想，能放置那個白色信封的人，只有森久保。」

「就算你一直捏造理由，也全是空談，毫無證據——」

「那機器從會議開始之前就一直在運轉。」

矢代手指的方向，有攝影機。

「一臺是連結到隔壁房間的監視器，剩下三臺用來錄影。錄影用的有個小液晶螢幕，應該可以確認錄下來的影片，要不要來確認看看啊？」

森久保說不出「請便」二字。

對於能否擅自暫停人事部架設的攝影機，大家多少有些意見分歧，但現在是非常情況，確認影像成了當務之急。我們拆掉面向門那一臺攝影機的腳架，停止錄影。然後打開折疊式液晶螢幕，擺在桌子上。大家紛紛移動位置，湊近看影片。在觸控式螢幕上選擇最新的錄影檔，開始播放。

螢幕上最初出現的是負責設置攝影機的人事部職員。果然攝影機在第一個走進會議室的人——也就是森久保現身之前便開始錄影。

雖然小小液晶畫面的畫質稱不上清晰，倒也不用清楚到連桌上有幾粒芝麻都數得出來，所以算是足夠了。人事部職員步出會議室後，畫面持續捕捉沒有任何變化，空無一人的室內好幾分鐘。畫面有如沒上顏色的畫作般，持續映照著桌子、不久之後森久保與九賀坐的位子，還有門附近。由我負責操作攝影機，因為畫面根本毫無變化，一度讓人懷疑莫非按了暫停，但畫面右上方確實顯示著三角形的播放圖標。也許應該按一下快轉，但我——我們忍耐著、持續盯著毫無動靜的畫面。

這是開始觀看影片後幾分鐘的事，感覺桌子不停搖晃，並非我敏感，而是森久保不停搖晃雙腿造成的。只見他似乎再也忍受不住地離開桌邊，雙手扠腰，屏住呼吸好幾分鐘似地滿臉脹紅，然後「啊、啊！」地發出兩次不尋常的嘶吼聲，聲音大到連辦公室那邊的 Spiralinks 員工都聽得到吧。

「不是的！不是的！不是這樣啊！」

就在他那幡然一變的態度令人感到毛骨聳然時，畫面突然有動靜。森久保隨著鴻上先生走進會議室。森久保頻頻鞠躬後，將手上的東西放在最靠近門的座位，待鴻上先生離去後，他突然張望室內，像在尋找什麼東西。

「我說！你們聽我說啊！好啦！夠了！別看了！」

影片裡的森久保凝望一會兒門後，靜靜地伸手探進自己的包包，然後從裡面抓出一個東西，偷偷放在門後。毫無疑問，錯不了，的確是——

「慘了！慘了！」

那個信封。

◆

第四位受訪者

小組討論會議的參與者——矢代翼（二十九歲）
二〇一九年五月二十四日（五）晚上八點十六分
吉祥寺車站附近的泰國菜餐廳

當時不會覺得我很難相處嗎？真的嗎？那就好。我倒是覺得自己和其他人格格不入呢！印象中，經常是四個人，外加一個人，再加一個人……嗯。就是波多野、嶌，還有那個誰啊？身材高大，霸凌別人的傢伙……袴田嗎？沒錯，就是他。還有那個帥哥，他叫什麼名字啊？對，沒錯，九賀，他叫九賀。當時你們四個自成一組，我和念一橋的那個——抱歉，一時想不起來……森久保，是吧。真是的！完全不記得名字。總之，我和他啊，怎麼說呢？感覺就像請來幫忙的助手吧。沒關係啦！事到如今就別道歉了。反正就是這樣的感覺囉。

就像畢業旅行時，六人一個房間，只好找其他組多出來的兩個人來湊數。你知道這種感覺吧？就是有一點這樣的感覺，是吧？不過啊，感覺你們四個人之間也有著微妙的距離感。我也不清楚你們是怎麼回事就是了。

所以囉，當我收到 Spiralinks 那則要我們自己選出內定人選的通知時，我馬上就想說「沒望了」，反正內定人選肯定是你們四個其中一人吧。所以啦，還記得本來正在開心聚會的我，在收到通知的瞬間馬上不爽閃人……咦？不是嗎？啊，對哦。電車！在電車上！我們三人一起搭電車時，收到 Spiralinks 的通知。沒錯、沒錯。然後我很不爽地下車，明明不是我要下車的那一站。咦？是啊。完全不是我要下車的那一站，很好笑吧。想說要是再待下去的話，一直扮演好女孩的我可能沒辦法再裝下去了。哈哈！

啊，綠咖哩是我們點的。泰式椰汁雞湯是我的……哦？第一次看到？超美味哦！椰子香讓人受不了啊！很香吧？對吧？這家店特別好吃。我在泰國當地吃過，這裡的味道可是最道地的呢！要不要吃一點我的？哈哈……不用那麼客氣啦！

不過啊，現在一想到求職活動，心裡就覺得很不舒服呢！啊？不覺得？我可是不舒服到極點……反正求職活動就是叫人一整個不舒服。畢竟那時我們被逼到那種情況，當然多少會對周遭起戒心，但我覺得好像也不是因為這樣吧。現在一想起來，還是會起雞皮疙瘩，就連在電車上看到求職生，也覺得很不舒服啊！對他們真是不好意思，但這也是沒辦法的事囉。覺得不舒服就是不舒服。

還有那個也是讓人超不爽的！就是團體面試還是小組討論結束後，邀大家去喝茶的那種傢伙啊！說什麼：「拓展人脈也是很重要的事，像這樣交換情報的時間很寶貴。」一群小鬼混在一起是能搞出什麼呀！我可是真心這麼覺得呢！真是有夠噁心。很好奇那種人進公司後，會用什麼樣的嘴臉面對工作呢？

畢竟要在一起小組討論，當然得想辦法和大家相處融洽囉。況且也沒有那種討人厭的傢伙……當然，我指的是小組討論開始前的印象。

不覺得有些公司也很叫人傻眼嗎？問什麼：「你會如何利用敝公司的光學感測器，拓展什麼樣的業務？」我哪知道呀！這種事你們要自己想啊！我在心裡猛發牢騷。反正就是有那種為了回應公司這種強人所難的無腦問題，只好不懂裝懂的學生。不覺得很白痴嗎？這麼一來一往的有啥意義可言？真的很想這麼回嗆，卻又不得不參加求職活動，真的是最糟的一段時間啊！

不好意思……你不是來找我聊求職活動，是我扯遠了。那要聊什麼呢？酒店工作的事嗎？確實像我那時說的，大概做了兩年吧。因為不想遇見熟人，想說去離家遠一點的酒店工作，在錦系町。不過，我到現在還是覺得「那又怎樣？」至少比起那些惡行曝光的傢伙好多了。是吧？不覺得嗎？

我喜歡喝酒，也沒那麼討厭和人聊天，想說短時間就能輕鬆賺錢的工作也挺好的，就開始做了。大家大驚小怪的，反而叫人生氣，不是嗎？我的想法很怪嗎？雖然沒品的客人多的是，但有些一本正經的大叔知道我是求職生，還會親切地給予各種意見呢！所以和他們在一起的時光很有意義。與其和那種只有自我意識比較高的求職生打交道，酒店裡的人脈可讓人受惠更多。

要是說自己在酒店工作，肯定會被貼標籤，當時的我不想被抱持這種偏見的人淘汰，所以謊稱自己在家庭餐廳打工。其實仔細想想，在酒店工作和在家庭餐廳打工有何差別呢？

嗯？哦哦……是啊。那場小組討論結束後，朋友告訴我的。他在社群網站被奇怪的人糾纏，說是有個帳號一直在打探我的八卦。我有個朋友頗好奇，小心翼翼地問對方要是向他爆料，會怎樣？對方說願意付五萬日圓當作謝禮，還說什麼希望利用車站的投幣式置物櫃做為交易工具，還真是為達目的不擇手段啊！總之，就是有人收到那種回覆後，爆料我在酒店上班的事。不曉得是誰爆料，反正我的人生算是樹敵不少吧。所以會爆我料的傢伙可是多到一隻手也不夠數囉。哈哈！這種事還真是丟臉。因為我念國高中時，被霸凌得很慘，畢竟樹敵不少。正因為遭遇過這種事，才無法原諒那個霸凌別人的棒球隊傢伙，只要一想到自己的過去，就會莫名想嗆他。

話說回來，還真看不出來他的精神那麼異常呢……那個「犯人」也是。起初一直裝蒜，最後坦白認罪，我一直覺得他是個明白是非善惡的人啊……記得我有投給「犯人」一票呢！還記得嗎？……對啊，就是呀！

不過怎麼說呢……就像看起來明明人很好，剝掉一層皮之後卻是個人渣，其實不只「犯人」是這樣啦！

我在會議上被「犯人」威脅，坦然撒謊。嗯？是啊，我記得是這樣，難道是我記錯了？我記得被要脅說要是不想讓照片傳到其他公司，就要照著說，可要好好想想，別錯過這機會哦。這是怎麼回事？難不成是我的幻覺？已經記不太清楚了。畢竟連你們的名字都忘了。哈哈。

那天我的臉超臭，是吧？沒事，我不會介意，我也覺得自己那天超惹人厭的。其實就是因為那個啦！只要生理期一來，整個人就很不舒服。那天起床時也是，簡直不舒服到極點，想說一定得振作起來，但真的有種連第一輪投票都投不了，快撐不下去的感覺。

就像我剛說的，從一開始就覺得自己希望渺茫，但得知自己的票數掛零時，頭痛到簡直快裂開似地，頓時有種無所謂了、完全放棄的心情。那時我有拿到兩家公司的內定，想說沒被選上就算了。突然給自己找起藉口……明明是超想進去的公司。我知道無法得到大家的認同是自己有問題，但只是碰巧那天身體不舒服，就得放棄未來幾十年的大好人生，只能說人生就是運氣問題吧。

不好意思哦。聽我發牢騷。不是的，真的，完全不恨你，我真心覺得幸好內定人選是你。你在會議上不是一直主張不要拆開信封嗎？真的很不簡單呢！讓人由衷佩服。

在Spiralinks工作果然很忙嗎？嗯……是哦。也是。

我之後怎樣啊，記得是六月吧。你還記得當時有什麼「六月大企業」的說法嗎？好懷念哦。我六月時拿到某間經營部落格公司的內定……哈哈！沒錯，朋友也是說「超適合」，說什麼這就是矢代會進的公司。說真的，公司很不錯呢！工作也挺有挑戰性。

只是後來發生一些事。我去年「創業」了。厲害吧？哈哈！要看公司簡介嗎？很不錯吧？雖然員工才五個人，可是啊，自己打拚真的做什麼都很快樂，可以做自己想做的事。果然人這輩子，快樂最重要囉。不錯吧？這個公司簡介，可是花了些錢做的呢！

什麼？我很有錢？沒啦！怎麼可能啊！賺了就馬上花掉。想說存了些錢，結果出國玩又花掉了。東南亞現在超熱的。嗯？是啊。當然有去泰國，還有柬埔寨、寮國……還去了哪裡呢……？要看照片嗎？出國拍的照片。這個開嘟嘟車的小哥很帥吧。還有這個是向我推銷假名牌包的奇怪大叔。你看這個，標誌是PRADA沒錯，做工卻很粗糙，看照片就知道，對吧？觸感超差。才不會想要這種東西呢！賣這種東西真是超沒品。雖然也有那種做工不錯的假貨，但很少囉。記得是柏金包吧……提手部分用的還是真皮呢！騙誰啊！死都不會想要那種東西。

咦？你還記得啊！沒錯，這是愛馬仕包。不過已經很舊了。這邊都有點黑黑的，已經是沒人要的垃圾囉。雖然很想要個新的，但人家不送啊！嗯？誰？當然是「男人」啊！「男人」。他說我拿免錢的就別抱怨，但他啊，無法理解我們女人每天的花費可是比男人多呢！

為了過得體面，想多打拚一點也沒錯吧？

5

準備信封的犯人森久保，連珠砲似地辯解。

不是的！聽我說，我會說明。萬分狼狽的他即使拚命辯解，卻說得支離破碎，就算專注聽，也聽不懂他在說什麼，不斷找藉口彌補自己剛說過的話，結果就是破綻百出，令人不耐的話語不停空轉著。每次他的聲音在會議室響起時，聽起來就像吸毒者的妄想般堆積著空虛。袴田終於忍不住抓住他的肩膀，用力搖晃。

「別再讓我們對你更失望了。」

這麼做顯然無效，森久保又辯解了兩三句；但不一會兒，袴田的強勢嚇阻像是鎮靜劑般迫使他只是喘氣，不再說話了。

一片靜寂的會議室響起唐突笑聲。

是來自隔壁會議室的聲音？還是幻聽？雖然像我們在說話，聽起來又像別人在交談。原來是正在播放的影片傳出來的聲音。今天請多指教囉。堂堂正正地「公平」

競爭吧。螢幕放映著信封尚未登場，小組討論開始前的和平光景。當我按停時，幾秒的悲傷沉默造訪，隨即響起等待上場似的計時聲。

來到第四輪投票時間。

可悲的是，知道犯人是誰這件事，頓時讓會議室變得好待多了。雖然被信封攪亂的氣氛一時還無法回復，但光是看得見原本看不到的敵人，便大大減輕心理負擔。

面對森久保，我的內心湧起各種想法，有好多話想問他。光看他那判若兩人的扭曲神情，話語彷彿快從胃袋深處溢出。為了進 Spiralinks 這間公司，到底能不擇手段到什麼程度？我試問自己，發現自己原來就算再苦也能忍受，只要想得出來能拿到內定的腹黑點子，就算多少會髒了雙手，也會付諸行動吧。

要是中學考試成績不如預期，高中聯考再加油就行了。要是高中聯考失利，大學聯考好好拚一場就對了。若是連這也失敗的話，沒關係，只要能進入一流企業就行了。但要是進不了一流企業——

還沒成為社會新鮮人的我不曉得今後會如何，或許現實不像我這個年輕人擔憂的那樣，那麼絕望，無論是誰都能輕易找到適合自己的工作。縱然如此，還是希望抱著這裡是人生最後一場「勝負」的心情應戰，只希望自己的判斷不是個謬誤。我痛切明白那種不擇手段也想得到的心情，雖然明白，但看著奮力朝著錯誤方向猛踩油門的森久保，不禁深感悲痛。

我斜睨宛如屍體般癱坐在椅子上的森久保。

開始進行第四輪投票。

■第四輪投票結果

•波多野2票　•嶌2票　•九賀1票

•矢代1票　•袴田0票　•森久保0票

■截至目前的得票數

•九賀7票　•波多野6票　•嶌6票

•袴田2票　•矢代2票　•森久保1票

一如矢代的預言，沒人投票給森久保。

相較於此，袴田倒是投了一票給矢代。也許是我胡亂臆測，總覺得與其說這一票是獎勵她揪出犯人，不如說是為自己誤會矢代是犯人一事賠罪。

嶌還是投給九賀，但奇怪的是每當她勇敢投票給九賀時，就會露出極為痛苦的表情。固執己見與放棄思考互為表裡，我要努力、努力，無視那些謠言。

她那走在無法回頭的橋上身影，讓我再次痛切感受到信封帶給這場會議的影響有多大。

「我承認……『信封』是我帶來的。」

彷彿成了屍體的森久保垂死掙扎似地吐出話語。

「對不起，我太失態了。可是……那些資料不是我準備的，真的！我是說真的。我只是按照寄到我家的信封裡附上的指示，把這東西帶過來，沒想到裡頭裝的是那種東西——」

「森久保，」袴田平靜地打斷他的話，「沒有用了。別說了。」

森久保已經沒氣力再多說什麼。

揭穿犯人是誰的同時，肯定能瞬間淨化我們之間激起的疑心、不安與憤怒等，種種負面情感——果然我不是會抱持這種預感的樂觀主義者。縱使我們之間已經產生一些無法修復的鴻溝，但少了一件掛心的事也是不爭的事實，就像堆砌一塊塊磚塊，我仍舊深信會議室的氣氛應該會逐漸回復到原先狀態。

「這些『信封』……要怎麼辦？」

袴田這句話讓我幾近暈眩。你在說什麼啊？這還用說嗎？信封這場鬧劇結束了。犯人既然已經現形，也就沒必要被這東西耍得團團轉，當然是處理掉，結束這一切。無奈這麼想的人，似乎只有我和嶌。就在我想用戲謔一點的方式表達意見時，話題卻突然轉向如何處理信封一事。

「森久保確實做了不可原諒的事，但就某種意思來說，也可以解釋成森久保率先調查我們的身家，揭露我們六個人不可告人的部分，如果只是一起準備小組討論，不可能知道這種事，對吧？既然如此，就照森久保剛剛說的，先打開所有信封看看吧。然後推舉經歷這場風波後，還是很優秀的人當內定人選就行了。既然是謠言，就得自己證明是假的，大家覺得如何？」

簡直是胡鬧。就在我要出聲反駁時，「……總之，打開看看也好。」矢代一臉嚴肅地頷首。

「沒錯。」連九賀也開始同調。

「這麼做最『公平』，是吧？九賀。」

「『公平』……嗎？」

雖說是幅殘酷景象，但要說是理所當然，也沒錯。因為我要是站在他們的立場，搞不好也會說出同樣的話。

一開始就順利得到兩票，也是第一個被告發的袴田從此沒再拿到任何一票。一開盤就拔得頭籌的九賀雖然守住寶座，但支持率明顯下滑。要是目前暫居第二名的信封內容沒曝光就落幕的話，那麼能夠繼續坐收漁翁之利的人，就是我和嶌。

被告發的人顯然已經搆不到內定資格，但要是主動出擊，像森久保、袴田那樣自行打開信封，想也知道不可能增加票數。信封顯然掌握著這次選拔考試的關鍵，只要這裡分為被告發與沒被告發的人，就會一直存在著明顯差異。

既然如此，那就打開所有信封，這才是真正「公平」的世界。

正因為明白，所以心痛。

知道了。就這樣吧。打開所有信封吧。我無所謂。

話到喉嚨又吞了回去。我開始回想自己曾經犯下什麼重大過錯——至少就現在我能馬上想到的……沒有。當然，小過錯可能被刻意放大，或是曾經犯下什麼不得了的錯，只是自己完全忘了。不過，假設有這麼一個最壞的可能性，仍然大方歡迎其他人告發我，也許這麼做不但有助於會議順利進行，還能提升我的評價。

雖說如此，讓我不贊成這麼做的理由還有一個，那就是嶌。

就連非常忌諱、厭惡信封的我也被洗腦，在某種程度上認可它的存在，認為打開信封才能讓這場會議進行下去。然而所有人當中，只有嶌始終抗拒這一點，但這是因為她和我一樣都是還沒被告發的人，才能謳歌正義。儘管如此，嶌指的才是一條最合理又正確的路。

我不想讓她對我失望，我必須承認自己另有所圖。更重要的是，當所有信封被打開時，被告發的人不只我，還有嶌，這件事成了我心中一道防波堤。

我再次慎重整理思緒，向正在討論該先打開哪個信封的三個人說：

「還是……處理掉吧。」

他們八成有種明明順利前進的棋子，卻莫名倒退五格的感受吧。袴田用像在規勸理解力差的孩子般的口氣，說：

「波多野，事到如今已經沒這選擇了。」

「我知道、我知道，我痛切知道……可是、可是……」

我覺得應該誠實、坦然表達自己真正的想法。沒問題，一定可以的。應該要傳達的事，一定可以傳達。是的，我相信自己。

「我還是希望處理掉信封，當然某部分是因為不想被告發，才會這麼說……說這種話還真是難為情。我不曉得信封裡塞了什麼，要是奇怪的告發，當然會影響我的評價，之前的各種討論已足以證明。畢竟好不容易拿到六票，我不想就這樣毀了。只能承認自己頗自私。老實說，我很害怕，真的很害怕，但我不只是因為害怕而不想打開信封。

「什麼因為我中槍，所有人都要被回擊才公平，一派理所當然得像在討論如何有效利用核武的議論，我覺得一點也不合邏輯。或許這和之前的意見有些矛盾，其實塞在信封裡的可怕告發不過是一張紙罷了。不是嗎？

「幸好我們曉得犯人是誰，也就不可能誤選犯人當內定人選。畢竟我們一起相處了好幾天，應該好好了解過彼此吧？只憑一張紙，就抹消之前所有印象，只相信坐在這裡的才是真實模樣，真的很蠢。完全忘掉信封的事，這才是我們最初討論出來的結論，不是嗎？

「也許讓大家之所以那麼在乎信封的理由之一，就是我提議每三十分鐘投票一次的規則。正因為看得到人氣流動的情形，所以為了扳回一城，就算多少弄髒了手也無所謂，腦子被如此偏頗的想法支配著，所以說……當然，這必須要暫時領先的九賀能夠諒解才行……那就是票數歸零，重新計算，這麼做不是很好嗎？」

一直伺機打斷我說話的會議室氣氛起了一道裂縫般的反應，袴田與矢代神情驟變。

「剩下的兩次投票這麼做也行，或是最後一次再變更也行，要是覺得這麼做還是不公平的話，我只好招了。」

「招了？」

「……說出我做過什麼壞事。」

我知道他們全都怔住了，心想波多野到底會自白什麼樣的事？

其實我完全想不到，完全想不出我有做過什麼壞事。趕緊以光速回溯記憶的我不曉得該害羞，還是該誇耀，但我完全想不起來自己有什麼值得拿出來講的壞事。

袴田可能好奇我怎麼想那麼久吧，問道：

「很不得了的壞事嗎？」

「不……」我搖頭，「我想應該有，只是現在一時想不起來……只想到小學時向朋友借的超級任天堂遊戲一直忘了還……再給我一點時間想想，應該可以擠出點什麼。」

我可是很認真地說，但這番無厘頭發言竟逗笑矢代。正因為氣氛一直很緊綳，所以一旦放鬆，就連笑聲都會引起連鎖反應。只見九賀面露微笑，嶌也笑了。袴田也附和似地笑著，摸了摸脖子。

笑聲傳遞一圈後，回到我手中。

「真是服了你啊！波多野。」

袴田露出天真笑容。

「總覺得冷靜多了……你啊，就是這樣子，就是這樣的傢伙。」

從天花板垂壓過來的沉重感彷彿融化似地，會議室氣氛變得輕鬆多了。瀰漫一股令人懷念的氣息，那是我們團結一心，以克服小組討論為目標，聚在租來的會議室的氣息。

「丟掉那些信封吧……也沒必要重新計票。」

乾脆地吐出這句話的袴田嘆了一口氣後，雙手抱胸。

「雖然多少有些意想不到的干擾因素，但票數確實是這樣累積起來的，也代表各自的評價。我覺得照這樣進行下去就行了。反正還有兩次投票機會，一共十二票，不對嗎？扣掉自己，是十票。只要票數集中，任誰都還是有機會拿到內定資格。小心一不留神，就會不知不覺被追過去喲。這是我的意見，大家覺得如何？你覺得呢？九賀。」

當九賀表明贊同時，矢代也點頭，嶌則是從包包掏出面紙，擦拭眼角，我也感染到她的情緒似地用力頷首，除了森久保之外——會議室裡成了這般景況。

這時，像在祝福我們讓會議室氣氛變得非常自然似地，計時聲響起。

來到第五輪投票時間。

結果——超乎預期。

■第五輪投票結果

・波多野5票　・嶌1票　・九賀0票

・袴田0票　・森久保0票　・矢代0票

■截至目前的得票數

・波多野11票　・九賀7票　・嶌7票

•袴田2票　•矢代2票　•森久保1票

除了我投給嶌一票之外，其他人都投給我。

我終於超越九賀，登上第一。明明一切尚未塵埃落定，將結果寫在記事本上的指尖卻因為歡喜而抖個不停。我辭退早已拿到的兩間公司的內定資格，抱著堅定決心迎戰小組討論，意想不到的難題卻突然降臨，經歷好幾次灰心不已的瞬間，還看到一點都不想看到的東西，被迫克服根本不需要克服的事，飽嘗種種痛苦時光後，總算——總算看到內定資格向我招手。

腦中浮現在牆壁另一側工作的Spiralinks員工身影。再一步，這間辦公室就會有我的位子，起薪五十萬日圓——就在我開始計算具體收入時，趕緊關掉妄想開關，以免過於鬆懈。

「九賀，把這塞回信封。」

袴田收拾放在桌上的紙，遞給九賀。

不只袴田，矢代、森久保也不可能在這時機點逆轉勝。想說他們應該會表現得很錯愕，沒想到袴田和矢代雖然難掩懊惱之情，卻顯得頗釋懷。

九賀接過袴田遞過來的紙，簡單整理後，塞回那個大信封。

我也把手上的信封遞給九賀。

這麼一來，這場鬧劇就結束了。我如此確信。

但不知為何，九賀突然停止動作。

然後像被魅惑似地直盯著袴田遞給他的紙——也就是那些爆料照片，像被吸進去似地一直看著，袴田的照片、矢代的照片，還有仔細確認自己的照片時，眼神再次開啟緊張的燈。要是存心捉弄我們，未免也太惡劣。總之，沒必要再針對信封、照片討論下去了。就算是開玩笑，也不好笑。

袴田問他怎麼了，九賀沒回應。再三確認三張紙的他盯著照片，說了句：

「森久保。」

一副像是為了盡最起碼的義務，默默照著袴田的指示而參與投票的森久保始終沉默不語，像個並非肉身而是心已壞掉的拳擊手般癱坐在椅子上，身上纏著灰色的光，成了會議室裡的擺飾。

「可以再說明一次你是如何拿到信封嗎？」

「……喂，九賀。」

「袴田，這事很重要，我想聽聽他怎麼說。森久保，你不是說這些不是你準備的嗎？那就坦白說出真相吧。」

森久保就像好幾年沒開機的電腦般，以慢到讓人擔心的速度抬起頭，用雙手抹了一下臉之後，緩緩開口：

「……在家裡收到的。」

「什麼時候？」

「昨天。」

森久保察覺九賀想要更詳細的情報，趕緊重整坐姿。

「一封沒貼郵票的大信封塞進我家信箱，上面只寫著『森久保公彥收』。我好奇地打開來看，裡頭塞著那個白色大信封，還有像是說明書的一小張紙，紙上寫著：『這是 Spiralinks 小組討論當天要用的信封，請偷偷帶進會議室，別被任何人發現。因為公司有些人還不知道一些事情，所以絕對不能讓人事部的人發現。最好放在會議開始後，所有參與者都看得見的地方。因為是非常重要的資料，明天務必記得帶著。』所以我比誰都早進入會議室，把信封藏在門後。」

九賀像在聽重要證詞似地，聽著森久保的辯解，彷彿思忖什麼般伸手抵著唇。

可能是不滿九賀的認真模樣吧。袴田厭煩似地搖頭。

「夠了。九賀……認真聽這種瞎說只是浪費時間，反正他就是在垂死掙扎啦！什麼『不能讓人事部知道』，會有人看到那種蠢到爆的指示，就乖乖照辦，毫不懷疑地把信封帶來嗎？就算說謊，也要說得像樣一點吧。」

「我沒說謊！是真的收到啊！」

「連謊也不會撒，至少編個像樣一點的謊吧！」

「要說不像樣，這種選拔方式不也是嗎？」

坐在椅子上的森久保彷彿回神般，身子往前傾。

「當他們提出要我們自己在小組討論上選出內定人選，這種前所未聞的選拔方式時，我就覺得這家公司做什麼都不奇怪了。收到信封時，當然也覺得有點不可思議，但想說準備這種新奇小道具肯定是像Spiralinks這種作風前衛的ＩＴ企業都會做的事吧。因為裡面附了一張囑咐我『不能打開信封』的紙，所以我沒打開來看。要是我知道裡面裝什麼，知道是你們當中有人特地準備這東西，我絕對不會帶過來。」

真是有夠離譜，但這般為了脫罪而編的即興謊言，聽起來又莫名真實，這樣的想法在會議室蔓延開來。儘管如此，我們已經非常厭倦懷疑這檔事。光是被關在密室兩個鐘頭就已經讓人飽嘗非比尋常的痛苦，加上從會議一開始就不斷發生備受衝擊的事，所以比起真理，身體早已開始渴求平靜。

當大家在思索如何看待森久保這番話時，九賀再次將兩張紙排放在桌上，那是告發他與矢代的資料。

「這裡有個像是雜訊的東西，看到了嗎？還有，左下方幾乎完全相同的位置有個黑點，就是這裡。」

九賀指著兩張照片，一張是偷拍他上課時的樣子，另一張是拍到矢代走進住商混合大樓的瞬間，九賀指的好像是兩張照片的共同特徵。確實如他所言，兩張照片的右上方都有個非常小，像是條碼的圖案，左下方則是有個很像是鏡頭沾上髒東西的黑點，因為兩張紙上的照片位置不一樣，所以不可能是列印機造成的。依邏輯來想，兩張照片應該是同一臺相機拍的，所以呢？那又如何？

「所以呢？」袴田問。

「這張照片——」九賀嚥了嚥口水後，指著偷拍他的照片。

「這是四月二十日星期三的第四堂課『都市與環境』快結束的時候，看站在講臺上的老師和板書內容就知道了，是這堂課沒錯。可見這張照片大概是下午四點左右偷拍的。」

「直接說結論。」

「森久保不可能拍這張照片。」

咚、咚。天花板上的空調適時發出巨響。觀葉植物像被改變的風向吹動似地，開始詭異地搖晃著。可能是受不了話題有繞回原點的跡象吧，只見嶌從包包掏出茉莉花茶，含了一口在嘴裡。我則是做了個深呼吸。

「四月二十日那天，我和森久保約好碰面。我問他約幾點方便，他說因為有個面試，所以約下午五點過後比較方便。你們不記得了嗎？那天聚會時，我們在大家面前這麼約定的。」

我記得九賀說要還經濟學方面的書給森久保，想約幾月幾號碰面；但森久保說他那天有個面試，要幾點過後才方便。我記不得具體的日期時間，只記得確實有這麼一回事。

當事人九賀都說得那麼清楚了，日期和時間應該就沒錯吧。森久保那天下午三點開始有個面試——至少他明確說出時間點。

但光憑這樣就認定他是清白的，未免過於武斷。畢竟他有可能謊稱面試的日期時間，反正這種事可以胡謅。我在腦中描繪這樣的反駁後，又馬上覺得這是無意義的胡亂推測。那場聚會是在選拔方式變更之前舉行的，那時的我們並非敵手，而是朋友，沒必要陷害其他人，況且謊稱自己那天的行程也沒什麼好處。

我的腦子裡又浮現一個疑問，那就是拍照的人不一定是森久保，有可能是他拜託誰拍的。這麼一來，不在場證明什麼的就沒意義了。但還有個問題，那就是照片上雜訊般的圖案與黑點。

「這兩張照片是同一臺相機拍的。」

「可是那臺相機不一定是森久保的啊！可能是誰受了森久保的指示，用同一臺相機分別偷拍九賀和矢代……」

袴田的這番反駁說得越來越沒氣勢，講到一半就講不下去了。與此同時，在場所有人的心情恐怕都很消沉。就現實面來說，袴田的說法很難成立，因為必須是除了犯人以外的某個人四處奔走拍照，這個人是犯人的父母？朋友？還是花錢請徵信社拍的？與其如此大費周章，倒不如犯人自己去拍。

怎麼想都覺得照片應該是犯人自己拍的。森久保有不在場證明，也就是說，他不可能是犯人。

那麼，誰是犯人？

好不容易熬過一邊痛苦掙扎，一邊努力想浮上水面的兩個鐘頭，來到這裡又被拖回沼底。會議室的空氣混濁，所有人像要爭奪僅剩的氧氣般，呼吸變得急促。

有必要確定森久保的不在場證明。他翻開記事本，上頭確實寫著面試行程，我們決定打電話到這間公司的人事部求證。袴田認為森久保也許找了好友假裝是人事部職員接電話，便用自己的手機調查那間公司的電話號碼。可能是害怕引起更多猜疑吧，森久保還特意把手機設定成擴音，並說明自己為了找正當理由向所屬研究小組請假，所以必須清楚表明面試時間，證明他那天下午三點到四點確實在那間公司，毫無任何懷疑餘地。

好想知道誰是真正的犯人，好想揭穿隱身我們六個人當中，那個卑鄙之人的廬山真面目，既然有機會揭露就該查明一切。無奈這顆正義之心要是與Spiralinks內定寶座一同放在天秤上相比的話，顯然過輕。畢竟要是順利進行下去，我就能取得內定資格，所以怎麼樣都無法打從心底認為追究真相更重要。

管他真正的犯人是誰都無所謂啦！趕快回歸正題吧。

然而這種話怎麼樣都說不出口，為什麼呢？因為這是最像真正的犯人會說的臺詞。怎麼聽都像是嫁禍給森久保一事失敗，真正的犯人吐出的軟弱說詞，所以絕對不能脫口而出。

還有，我知道自己不是犯人，當然覺得取得內定資格是十拿九穩，但其他人可不這麼想，只要我是犯人的可能性還在，他們死都不會成全我；既然如此，我也得有所覺悟。

會議還剩下二十幾分鐘就結束了。看來我們只能準備一條揪出犯人的路。

「換個角度想，四月二十日星期三下午四點左右，沒有預定行程的人不就很可疑嗎？」

袴田這番話讓大家紛紛拿出記事本，確認四月二十日那天的行程；但除了在上課的九賀、去公司面試的森久保以外，其他人下午四點左右都沒有行程，所以無法以不在場證明鎖定犯人。

會議室開始緩緩充斥著焦慮氣息。

「犯人——」如果可以，她應該不想說出這字眼吧，只見嶌露出交雜著恐懼與懊惱的表情，很痛苦似地繼續說，「犯人一定也為自己準備了告發用的信封吧。」

這是好幾次掠過我腦中的疑問。六個人各拿到一封信，當然是六封。因為每封信都是在告發六人當中的某個人，所以犯人應該也會準備告發自己的信封。

那麼，犯人會為自己準備什麼樣的告發內容呢？

「……有沒有可能只有其中一封是『空』的？」

對於袴田的推測，九賀回應：

「不可能吧。當所有信封打開時，如果只有自己沒被告發，不就等於宣布自己是犯人，所以犯人應該也會準備自己的。」

「到底是什麼內容啊？」

九賀沉默了約莫五秒，說：「……馬上想到的可能性有兩個。」

九賀暗示有兩種可能性。

一種是殺傷力比較大的告發，也就是依邏輯來想，馬上就能看穿是謊言的告發內容。

「舉袴田為例，對他有點不好意思就是了。好比剛才袴田始終無法明確反駁告發內容，只是一再堅稱是謠言，卻提不出任何有力證明。相反地，要是告發內容是可以順利解套，事先準備好證據、證人的話，就能讓塞進信封裡的弱點不至於讓自己的評價急速下墜，順利闖過這關；也就是說，犯人準備的是『可以證明是謊言的告發內容』。」

另一種是殺傷力相對較小的罪行。

「當所有信封打開時，我們就會對於各自的爆料照片展開議論。可是只有一個人……怎麼說呢？好比『曾經帶走很多飯店提供的備品』，雖然是惡評，但不會讓人嚴重質疑人格有問題，也就是『相較於其他人，殺傷力較小的告發內容』。」

我再次試著思索已經公開的三個告發。也就是說，已經被告發的人，不見得就不是犯人，我們只是不知不覺地認定他們是受害者。目前除了森久保之外，其他人都有可能是犯人。我們為了分享資料，所以知道彼此的住址，因此任誰都有可能把信投進森久保家的信箱。

關於九賀推論的第一個假設，也就是「可以證明是謊言的告發內容」，不適用於已經被告發的三人。雖然袴田堅稱是子虛烏有的謠言，卻缺乏證據佐證；九賀雖然沒有正面承認，卻也沒否認，矢代倒是大方承認告發內容屬實。

至於第二個假設，也就是「相較於其他人，殺傷力較小的告發內容」又如何呢？雖說價值觀因人而異，但矢代的罪行顯然較輕微，不是嗎？如同她高聲主張的，謊稱自己在家庭餐廳打工，其實是在酒店上班一事根本稱不上是犯罪。畢竟職業無分貴賤，她也是靠自己的勞力賺錢。

那麼，目前最可疑的是——

「可以打開我的信封，我無所謂。」

森久保指著嶌手上的信封。

「如果這麼做，多少能進一步揪出真正的犯人，那就打開吧。」

客觀來看，現在幾乎可以確定不是犯人的人，就是背黑鍋、被犯人當棋子用的森久保，也是最無辜的受害者，所以不難理解他那多少犧牲一下，也想揪出犯人的想法。雖然不曉得這麼做究竟能有多大效果，但至少打開信封，可以多一些揪出犯人的線索。

嶌打從會議一開始，便始終強力主張不該打開信封。只見她起初面有難色，但畢竟連當事人都表明不介意，也就無法再堅持自己的主張；況且這麼做也是為了進一步揪出真正的犯人，更是無從反對。

她露出像要幫切腹自殺的好友補上一刀的苦悶表情，緩緩打開信封。然後掏出一張紙，攤放桌上。

紙上印著兩張照片。

一張像是在大會議室的地方，舉行什麼說明會的樣子。站在臺上的男子一邊高舉黑色救生衣，一邊拿著麥克風說明什麼。臺下眾多聽眾的頂上白髮頗為顯眼，看來應該是以高齡長者為對象的說明會。講臺上立了個「Advance Future 股份有限公司『高效能背心』直銷說明會」大看板，一看就了然於心是怎麼回事。兩名青年站在臺上右側，其中一位的臉用紅圈標記，露出有如阿多福面具般虛假笑容的青年就是森久保。

第二張照片的背景好像是大學校園，看來應該是森久保就讀的學校，一橋大學的校園吧。拍攝者從稍遠處捕捉到，有個上了年紀的男子衝向從洋風建築走出來的森久保，朝他飆罵的瞬間，只見森久保一副驚慌失措的模樣往後退。

森久保公彥是騙子，參與專門詐騙高齡長者的直銷手法。

（※另外，嶌衣織的照片在波多野祥吾的信封裡。）

第二張照片應該是受騙男子突然去找森久保的瞬間吧。照片右上方也有個類似雜訊的圖案，左下方有黑點，合理推測這張照片也是犯人拍的。假設這個告發內容屬實，那麼森久保被告發的罪行還真是不輕。只見他一看到照片，明顯慌了。

「想說他怎麼會跑來學校找我，所以是為了偷拍嗎……」

森久保喃喃自語似地吐出這句話後，趕緊窺伺其他人的反應。本以為他會反射性地稱說這是無憑無據的控訴，沒想到欲言又止的森久保只是眼神無力地望著地板。畢竟這場會議已經沒有多餘時間，無法靜觀某個人辯稱這一切都是莫須有的謠言。

況且，就算能提出證據證明告發內容是假的，也不應該這麼做，因為這樣就符合剛才九賀提出的犯人作戰策略，提出「可以看穿是謊言的告發內容」。畢竟眼下情況是，儘量巧妙迴避告發一事才是高招，所以一味駁斥只是讓森久保又回歸犯人候補人選之列。對森久保來說，能做的事就是把辯詞吞回肚子裡，接受告發內容，用沉默證明自己不是犯人。

森久保悄悄地拿起紙，一臉緊張地看著照片。

他竟然參與詐欺行為。大家之所以對於這樣的告發深感驚訝，卻沒有乘勝追擊的最大理由，或許是因為我們曾一度誤以為森久保是犯人，逕自對他深感失望，後來知道他背黑鍋，又趕緊修正對他的印象，結果再次因為告發內容而對他萌生負評。我不認為詐欺是沒什麼大不了的罪行，但因為在如此短的時間內發生各種事，迫使我實在無法好好評價這個人。

不過，有一點可以確信的是，此時此刻在這裡的森久保公彥，和我一直以來印象中的森久保公彥，可說判若兩人。

「去面試之前……原來如此，我懂了。」

森久保點了一下頭，毫不遲疑地斷言：

「這也是……四月二十日那天拍的照片，星期三……因為三點有個面試，所以應該是下午兩點左右拍的，沒錯。」

迸出有力線索。第二張照片也有雜訊圖案與黑點，可以證明是犯人拍的，而且這張捕捉到森久保在校園遇到受騙男子的照片，也是四月二十日那天，可見犯人那天不只偷拍森久保，還去了一趟九賀就讀的學校偷拍他上課的模樣。犯人當天的動線浮上檯面。

就像宣布開始考試，趕緊作答般，大家紛紛再次攤開自己的記事本。要是有不在場證明的話，就能證明自己不是犯人。倘若除了犯人以外，其他人都有不在場證明的話，就能用刪除法揪出犯人。

可是，我有點沮喪。

因為四月二十日星期三那天，我整天沒有任何行程，學校沒課、社團也沒活動，不必打工，也沒面試，所以記事本上的那天一片空白——意思是，我一整天都窩在家。若想揪出犯人的話，起碼要有一個像我這樣的人；也就是說，正因為除了犯人以外，其他人都有行程，才能揪出犯人。

還真是叫人措手不及，一時不知如何辯解的尷尬情況。我一邊擠出又窘又苦澀的表情，一邊等待正在確認行程的其他人抬起頭，沒想到……

「下午兩點左右……我有面試。打電話給那間公司的人事部就能證明。」

矢代第一個舉手說。九賀也緊接著表明：

「我在學校上課，老師可以作證。」

瞬間，兩人從候補名單剔除。再一個人，再一個人，只要說出不在場證明，那一刻就能確定犯人是誰了。我一邊感受胃液上湧，直盯著嶌與袴田，看來犯人就是他們倆其中一人。難不成……不會吧。犯人是……可是，這怎麼可能呢？

有人舉手。

「我有面試。」

清楚吐出這句話的是袴田。最好確保你說的是真的。

「我也是只要打去人事部問問，就能證明。」

聽到袴田這句話的瞬間，確定犯人是誰了。

小組討論時間即將結束。感覺我的體內因為絕望而逐漸冷卻，不該有如此愚蠢的事，怎麼可能有這種事？此刻的我彷彿胡亂拋掉一切道理、理論，貫徹形同自暴自棄的擁護之心；雖然理性設法壓制想開口的我，臨界點卻逐漸逼近。

「我在上課。」

告訴我，不是你，嶌。我的這般心聲——她收到了。

嶌舉手說。

「我和九賀一樣有研究小組的課，老師可以作證。」

該不會為了不想被懷疑是犯人而撒謊吧。逕自如此惴惴不安的我，偷瞄到她的記事本上清清楚楚、毫無疑問地寫著「研究小組的課」。嶌沒說謊，她確實有不在場證明。

嶌不是犯人——太好了。

無奈我的安心僅是須臾之間。為什麼其他人都有不在場證明？就在我整個人癱靠在椅背上思索，想要嘆口氣時，這才發現自己有多蠢。

對哦。

當我猛然察覺時，耳邊彷彿響起尖銳刺耳的火災警報聲，一股爆發似的不安感竄至胸口，所有人的視線全集中在我身上。

「波多野……如何？四月二十日那天下午兩點左右的行程。」

因為袴田詢問的口氣有如碰觸腫瘤般謹慎，促使我更加緊張。心想必須快點回答才行，卻發現自己除了「哦、嗯」的敷衍回應，再也吐不出隻字片語。本來想闔上攤開的記事本，但這麼做只會促使會議室的猜疑氛圍變得更濃。必須開口說些什麼才行，瞬間萌生乾脆說我那天也有課的邪念，但馬上察覺這是不該說出口的謊言。到底該怎麼辦？要是說實話，又會如何？

既然我不是犯人，那就據理說明自己不是犯人就行了。我卻不知該怎麼做，立刻表現出焦慮不已的樣子，完全想不到任何正確判斷。只見眾人的懷疑眼神逐漸染上失望的色彩。

「總之……」九賀目不轉睛地看著我，「先確定一下大家的不在場證明吧。逐一打電話給能幫忙作證的人。」

九賀像剛才森久保那樣，設定成擴音模式打電話。

為了避免不正當手段，袴田負責上網查詢大學的電話。九賀請接電話的人聯絡指導教授，不久後教授本人接聽。九賀以恭謹口吻請教自己四月二十日當天的出缺席情況，「你當然有來上課啊！」教授回道。就這樣確定九賀不是犯人。

接著是嶌打電話，每個人逐一確認過四月二十日星期三，下午兩點左右的不在場證明。每次只要有誰洗清嫌疑，我就會緊張得無法喘息，好奇怪，要冷靜、理性一點啊。無奈滿腦子只能被聚集焦躁情緒的線用力拉住，越思考越焦慮，只迸出些無謂的想法。眼神游移，不停嚥口水的我意識到雙手抱胸的模樣不妥，趕緊鬆手，卻又不由得雙手交臂，一再重複這動作。不行！再這樣下去，我豈不是成了犯人嗎？雖然客觀俯瞰自己的我還在，身體、腦子卻已不聽使喚。

應該有哪個前提是錯的。總之，冷靜一點就行了。因為我不是犯人。

那些照片真的是犯人自己拍攝的嗎？試想了幾秒，發現我多慮了。如同九賀所言，雜訊圖案與黑點確實顯示三張照片出自同一臺相機。假設犯人委託第三者拍攝，那麼「拍攝者」等於「犯人」的推論就不成立，然而找不到犯人只把這件事委外處理的理由。如果是犯人指示每個人的朋友提供爆料照片給他，這還說得過去。

但這麼一來，就無法解釋為何所有照片是用同一臺相機拍攝。想想，犯人從提供爆料內容的人那裡取得九賀、矢代的照片還比較合理。

不對，不是這樣。不管怎麼想，還是犯人自己拍攝最合理，而且也不可能為了製造不在場證明而在照片上動手腳，畢竟要不是九賀眼尖發現是同一臺相機拍攝，恐怕不會有人發現這線索，所以犯人沒必要耗費心力幹這種事。

也就是說，沒錯，其實很簡單。那就是有人替虛假的不在場證明作證，只能這麼想。

「……肯定有人說謊吧？除了我以外，也有人四月二十日那天沒有任何行程。」

我這番輕率發言在會議室響起時，恰巧是除了我之外，其他人都打完電話確認不在場證明的時候。嶌與九賀分別打給指導教授，袴田與矢代則是聯絡企業的人事部主管，顯然都是值得信任的人證明他們的不在場證明。電話號碼也不是自己提供的，而是和方才森久保那時一樣，請別人查詢電話號碼後再撥打。雖然這樣的流程沒有任何可以懷疑的餘地，但叫我如何相信？

「……有人想辦法找人做偽證。沒錯，一定是這樣沒錯。」

無奈我的話語宛如朝幽靈丟石子，沒有任何回應，也沒有一絲效果，就這樣消失在會議室的另一側。要是沒有設法保持冷靜的話，就會成為不折不扣的犯人。我混亂得不時露出戲謔笑容，努力據理說明，可惜徒勞無功。彷彿只有我，或是除了我以外的其他人都變成全像３Ｄ，我說的話沒有一句進入他們耳裡。

五人露出沉痛表情，蜷縮身子。

「總之，矢代——」

袴田說。

「打開信封吧。看了從裡頭拿出來的波多野的照片，大概就可以確定……許多事情。」

方才嶌打開信封時，就已經確定我的信封裡裝著對她的告發，所以用刪除法來看，矢代手上的信封裝著對我的告發。

矢代的纖細手指滑進紙袋縫隙，一點點地剝除黏著處。

我默默注視這般光景。

◆

第五位受訪者

小組討論會議的參與者——森久保公彥（三十一歲）

二〇一九年五月二十九日（三）中午十二點十九分

日本橋車站附近的餐館

被騙的人才有問題。

咦？什麼事？就是直銷那檔事啊。我剛說過自己大學時代參與過的詐欺手法。一聽說有錢賺就自願上鉤的人才有問題，簡直沒救。明知世上哪可能有輕輕鬆鬆就能賺錢這種好事，卻愚蠢得相信別人說的鬼話，自願上鉤，所以一點也不值得同情，根本是自作自受，當然會被騙。

不好意思，可以幫我拿一下牙籤嗎？不是，牙籤我自己拿，是拿罐子。對，謝謝。可以幫忙放回去嗎？不好意思。

信封裡的告發內容都是真的，你應該知道吧？咦？好了啦。不用那麼吃驚。感覺很刻意，反正應該什麼都知道吧？……真是有夠麻煩啊。

簡單來說，就是不動產詐欺的翻版啦！那東西設計成像是小孩子穿的棉背心，真是土爆了。還宣稱是超高效能健康用品。因為裡頭嵌著很多磁石，也許穿上後多少能促進血液循環吧。至於到底有沒有效，我是不知道啦！總之，那種騙人的玩意兒居然要價三百萬日圓呢！雖然銷售對象是老人家，可是阿公阿嬤自己根本不穿這種東西啊！他們都是先買下來，再租借給需要這種東西的其他老人家吧。

假設每個月靠這東西賺一萬日圓的話，對只靠年金過活，總覺得不太安心的高齡家庭來說，也是一筆不錯的額外收入吧。一開始先投資三百萬，每個月就能坐收一萬日圓的投資報酬率聽起來還不錯。還建議他們如果臨時需要錢應急的話，轉賣出去就行了。也就消解他們的疑慮囉。轉賣的話，當然不可能拿回三百萬日圓，不過只要騙說很多人都能轉手賣個二百多萬，大部分老人家聽了都很開心。

是啊！還真的相信到讓人實在很想反問他們，當真一點都不會起疑嗎？幾十年辛苦賺來的寶貴退休金，就這樣匯到別人的戶頭。想想，真的是超好賺的一門生意啦！

我是幫忙介紹產品，為品質背書的產品顧問。端出我念的大學，多少會博取信賴吧，所以希望我去他們公司打工囉。我明明念的是文科，還裝得一副很了解科學方面的知識，狠狠榨乾許多阿公阿嬤的老本，真的是差勁到不行啊！根本是畜生，再怎麼被罵都不為過。

不過，幾乎沒被受害者直接飆罵就是了。只有一次是從公司走出來，還有一次是在大學校園，就是被拍到那張照片的時候。

一定是「犯人」教唆那個人這麼做，告訴他幾月幾日幾點去我念的學校，就能堵到詐騙集團的其中一人。畢竟時機實在太湊巧了。我真的嚇一跳啊……

就算找我討公道，錢的事也不是我一個人能解決的啊。沒辦法承諾還錢，也不曉得該怎麼道歉，只記得自己一直喊著「請不要這樣」。應該是透過臉書聯繫的吧？啊？誰？當然是「犯人」。我周遭多少有謠傳啊，說什麼有個傢伙在打探我的八卦。算了，都已經是過去的事了。

這個，你不需要吧？這裡的折扣券。你應該不會在這種地方吃飯吧？那就給我吧。折抵二百日圓可是不無小補呢！反正你也用不上。謝啦。

不過啊，現在想想，那場小組討論還真像一場夢啊……很像在進行什麼可怕的心理測驗，也很像在打一場無意義的生存遊戲。沒想到一個卑劣的信封就讓會議室裡鬧成那樣，真是有夠蠢。

我覺得再也沒有比求職活動更無意義的事了。

為了得到企業主的青睞，每個學生都在說謊。公司也好不到哪兒去，只說些對自己有利的事。講到這個，我現在待的是包裝資材類公司，根本打從畢業一進去就被騙了。那個負責面試的人事部男主管戴著眼鏡，感覺是個很溫和的人。想說公司有這種人在，氣氛應該不錯吧，這也是讓我決定進這間公司的一大理由。沒想到我進去後，馬上發現那個人事主管根本是這公司的一個異類，因為公司從上到下全是那種無腦的肌肉笨蛋，那個人事主管待在這種像是體育社團的公司，肯定很痛苦吧。果不其然，他在我進公司那年就閃電請辭了。叫人有夠傻眼吧？居然和我學生時代騙人的手法一模一樣，我有種完全被騙的感覺。

當初那個人事主管笑著說「我們公司很器重女性員工」，還說什麼「我們是很有國際觀的公司」、「還有生日假之類比較特殊的員工福利」，根本全是騙人的。實際上，說什麼女性員工不適合跑業務，轉調事務職；面試時曾經問我托福考幾分，結果英語一次也沒派上用場，不管調到哪裡都是在做內勤工作。那個生日假也很扯，根本沒看過有人請，大家連有這種假可請都不知道。

說謊的學生，說謊的企業，毫無意義的情報交流，這就是求職活動。

人事主管到底是以什麼基準來選人啊？我到現在還是搞不懂。不過啊，就算要告訴我，我也不想知道。

算了，不說這個了。對了，你有和其他人見面嗎？是哦。如何？大家沒對那次的小組討論有何質疑嗎？咦？……沒事，真的。反正就是那樣囉。好歹也該站在我的立場想想吧。既然利用了寶貴的午休時間碰面，就得講些比較有料的事。

既然「犯人」已經死了，你來找我，是為了銷毀證據吧？

那次小組討論結束後，我想了許久。「犯人」的作戰策略當真會那麼粗糙嗎？我們看到的真相，真的是事實嗎？「犯人」可是費了不少心思，在不暴露身分的情況下把信封塞進我家信箱的傢伙，當真會做出那種中途露出狐狸尾巴的事嗎？

我不會說自己之所以無法進Spiralinks全是那封信和「犯人」害的，沒資格說啊！好歹我也懂得客觀看待自己。我沒人緣是事實，所以不管有沒有信封，我都不會被選上吧，這我承認。但從中搗亂，甚至把我塑造成頭號嫌犯的「犯人」實在很可恨，所以後來察覺我們在那場會議上竟然揪錯「犯人」，我真的很懊惱。

怎麼了？口渴？要點冷飲嗎？沒關係啦！別客氣。

雖然那個像在玩遊戲的分發信封方式很奇特，但這麼做的目的，可不是為了在會議上塑造一場充滿戲劇性的心理戰，怎麼說呢？仔細想想，那是「犯人」為了拿到內定資格而精心打造，經過精密計算的創新分發方法。

小組討論舉行之前，「犯人」除了自己之外，偷偷調查其他人不為人知的陰暗過去，試圖打擊對手的評價；不過就算想到這一招，實際上最困難的是如何公布這些調查到的事。即便盡是些詐欺、墮胎，還有那個什麼……酒店上班、霸凌，這些令人瞠目結舌的事，但要是直接說出來，這種像偵探一樣偷偷摸摸調查別人的行為只會被質疑人格有問題。就算可以拉低對手的評價，自己的評價也會跟著下滑，只是離內定資格越來越遠，本末倒置罷了。

所以要告發的話，起碼要由第三者，至少要有個不知道是誰的人，透過他來告發才行，所以「犯人」必須準備信封。問題是，一個裝著所有人醜聞的大信封只是擱在桌上，怎麼樣也不可能激起告發之戰，只會被當作危險物品盡快處理掉罷了。

所以「犯人」把告發內容分裝成幾個信封，然後分發到每個人的手上。因為必須這麼做，所以他也得準備對自己的告發內容才行。明明有六個人，卻只揭露五個信封的內容確實很奇怪。當所有信封都打開時，要是唯獨自己沒被告發的話，不就擺明了自己就是犯人，所以「犯人」必須準備一份對自己不利的告發信。

雖然無法清楚想起當時提出的是什麼樣的假設，但我記得有類似這樣的論點。總之，「犯人」可以選擇的路大概有兩種，一種是據理說明告發內容根本是假的；另一種是自己被告發的罪行較為輕微。

但我察覺到一件事，那就是其實還有個最重要的「第三種戰術」。當我發現時，真的有一種終於解開超難數學公式的成就感，同時也有一股被搶先一步的懊惱感。原來如此，原來還有這種方法啊！雖然是個盲點，但其實非常簡單，只是不是我這種人想得出來的方法就是了。

那就是讓喜歡「犯人」的人，拿著告發「犯人」的信封。

光是這樣，「犯人」就能輕易迴避對於自己的告發，所以為了指示誰要拿著誰的照片，紙上必須寫著「還有，誰的照片在誰的信封裡」這行字。你手上的信封裝著你最喜歡的人的照片——不過，只怕對方還不知道這一點，就已經打開信封了。其實，要想迴避這般風險的方法很簡單，只要從會議開始不久，便一直強烈主張「不該打開信封」就行了。就是這樣。任誰都會一直附和心上人的意見，看到心上人一直據理力爭，自然會同調。

至於如何製造不在場證明，這我就不知道了。不管怎麼說，可真是天才啊！恭喜，完美拿到內定資格。已經待了將近十年吧。年收多少啊？工作開心嗎？果然有著不惜踐踏喜歡自己的人，也要得到手的價值嗎？有吧。我覺得有哦。你可真是了不起的行動派。

哎呀，口渴就說一聲嘛！我幫你點冷飲吧。啊，對了。這個保特瓶的標籤是我們公司做的哦，但不是我負責的就是了。記得你從以前就常喝呢！這個茉莉花茶，是吧？

我說，嶌，你才是「犯人」吧。

波多野祥吾絕對不是「犯人」。

6

矢代從信封掏出照片的瞬間，我彷彿從椅子上滑落，被吸進地板似的。印在紙上的照片只有一張，剛好與我現在的心理狀態成對比，因為照片中的我一派爽朗、無憂無慮樣，臉上浮現無邪笑容，這是大一迎新活動賞花時的照片。

波多野祥吾觸法。大一時，未成年的他在社團聚會上喝酒。

（※另外，矢代翼的照片在袴田亮的信封裡。）

未成年飲酒確實觸法，但嚴格來說，並非不可饒恕之事。縱使如此，根本不必確認大家的意見——說是包括我在內也行——因為大家完美達成共識。

這罪行也未免太輕了。

與此同時，我被另一個衝擊驚愕到彷彿失去意識。當我看到照片中，那個對著鏡頭，高舉麒麟拉格啤酒，影像有點模糊的自己時，我知道誰是犯人了。

原來如此，原來是這麼回事啊。我怎麼會那麼蠢呢？

我緩緩抬起頭，窺看犯人的臉，打算用我的眼神舉發。你是犯人吧。是你陷害我的吧。不覺得太過分了嗎？我打從心底相信你，真的、真的很喜歡你。可怕的是，犯人的演技堪稱表演藝術等級。我的雙眼有如一面鏡子，因為犯人也露出和我一模一樣的表情，彷彿在說：「你才是背叛者，明明我打從心底相信你。」——彷彿想這麼說似地，感傷的雙眼噙著淚。

大家聽我說，我知道犯人是誰，就是這個人，不是我。

本來想指著犯人這麼說。想想還是作罷。雖然我現在很混亂，但還不至於笨到認為揪出真正的犯人，情勢就能逆轉。事到如今，做什麼都沒用了。畢竟犯人連我現在一籌莫展的樣子都算計到了。為了陷害我，巧妙運作著所有詭計。現在想想，那時那個樣子就是在向我宣戰。

「我的……這張照片，」矢代指著自己被拍到走進住商混合大樓的照片，「我想起來了……這張照片也是四月二十日那天拍的，記得時間是下午五點十分左右。」

為何矢代突然想起照片是什麼時候拍的？不懂她為何突然追加情報，分明已經是無關緊要的事實，這麼做根本是狠狠補上一刀。除了我以外，其他人的記事本上都寫著下午五點左右的行程。森久保和九賀這時間應該是為了還書而碰面，袴田和嶌要打工。當袴田與嶌分別打電話去打工的地點，確認自己有不在場證明後，就完全斷了我的退路。

通知最後一輪投票的計時聲，彷彿從遠處傳來似的。

「進行最後一輪投票之前——」

我用小到幾乎快聽不見的聲音，這麼問：

「認為我是犯人的人，可以舉個手嗎？」

自己被陷害的事，還有苦嘗完全敗北的滋味，我不要在什麼都沒有確認的情況下，迎接明日到來。森久保與袴田率先舉手，接著是矢代和九賀，就在嶌像被會議室氣氛逼著舉手時，我像人偶般用力頷首，明明完全嚥不下這口氣，卻還是點頭。

我沐浴在來自四人的輕蔑視線，以及有個傢伙發揮演技的責難視線之下，苦嘗滿滿的絕望滋味。之所以沒流淚，並非我夠堅強，而是忙著驚愕與消沉，一顆心還來不及悲傷。

我一邊管束想要自暴自棄的心，一邊思考最妥善的對策。絞盡腦汁思索出最後反攻手段的我咬牙吐出這番話。

「……沒錯，」我抓著分發到的信封，應該是告發嶌的信封，「調查大家的醜聞，再將蒐集到的資料裝入信封，投遞到森久保家信箱的人就是我。我替自己準備了感覺比誰都輕的罪行資料，最終目的就是為了拿到內定資格。如同各位的臆測，我想揭發你們的惡行，卻怎麼樣也找不到任何關於嶌的醜聞，所以我自己拿著用來告發嶌的信封，因為要是直到最後都沒被打開的話，也就不會曝光裡頭其實是『空』的。」

我說完後，將信封塞進夾克內袋，再將記事本等私人物品塞入包包。之所以沒人阻止我在會議結束之前就準備離開，不是因為對於可悲犯人的最後一絲憐憫，而是他們必須進行最後一輪投票，選出內定人選。

「我投嶌一票。」

我只用口頭表示，並未參與舉手投票。

因為我認為沒必要再次確認投票結果。

■ **第六輪投票結果**

- **嶌5票**
- **九賀1票**
- **波多野0票**

・袴田0票　・森久保0票　・矢代0票

■截至目前的得票數

・嶌12票　・波多野11票　・九賀8票

・袴田2票　・矢代2票　・森久保1票

恭喜嶌，擁有美好的社會新鮮人生活。

我握著會議室大門的門把，打開門，一邊為這如此理所當然之事深感詫異，步出會議室。迎面撲來的空氣冷得會凍結似的，如此新鮮，充滿解放感。我到底被關在那個閉塞空間有多久啊？深切感受到自己被軟禁在那無比異常世界的同時，頓覺眼角熱熱的，悲傷追至心頭，試圖忍住淚水似地抽了一下鼻涕，走在Spiralinks的走廊上。

鴻上先生從隔壁房間走出來。

好像想和正要離開的我說什麼，只見他一副欲言又止樣。可能是想對我說，看你把小組討論搞得一團糟，被譴責也是理所當然，但他終究開不了口，可能找不到適切話語吧。我也不曉得該說什麼，只能點了個既非道歉，也不是感謝，更不是臨別招呼的頭，隨即走向出口。

我將塞在口袋的訪客專用證用扔的還給櫃臺人員，走進電梯。

電梯下降的同時，淚水不停淌落。顧不得弄髒西裝的我當場崩潰，發出響徹整棟大樓的吶喊。

電梯一直、一直不停下降。

第二章
從那之後

And Then

1

○森久保公彥

目前任職於包裝資材類公司。認為波多野祥吾是無辜的，我才是犯人。

我不想再寫了。將手機塞進包包。目送三輛轎車離開後，舉手攔了一輛廂型車款的計程車。告知司機Spiralinks總公司所在的新宿大樓名稱後，隨著車子啟動時的慣性原理，整個人靠著椅背。

辦公大樓林立的街上到處都是身穿西裝的上班族，沒想到世界上居然存在著能容納那麼多人的職場空間與工作，我這麼思忖著，不讓司機察覺似地輕嘆一口氣。猶豫著要不要聯絡芳惠，卻又覺得不用急，畢竟心緒紛亂時不適合打電話。我像要洗去內心的不悅感，喝著茉莉花茶，瓶上可愛的植物圖案標籤突然變得可憎，遂順著裁切線撕下它，扔進包包。

包括前人事主管鴻上先生在內，訪談完五個人之後，毫無成就感，也沒有任何稱得上成果的成果。不想再為這事糾結的我閉目養神，思索著下午的開會行程。

我也不知道 Spiralinks 的工作量是否繁重，因為沒有可以比較的對象。早上八點半上班，大概忙到晚上九點到十一點下班，硬要說的話，也許算是剝削勞工的黑心企業吧。但考量到薪資還算優渥，所以努力早日獨當一面的想法，遠勝過發牢騷。

進公司那年，一般事務職只錄取我一個人，還有技術職務的幾名理工系應屆畢業生與研究生，以及設計部門的幾名專科畢業生，一共有八位和我同期進公司。新進人員不多，所以比起在其他公司上班的朋友，我的研修期比較短。起初我隸屬於當時還是主要事業的社群網站 SPIRA 業務部，設法將 SPIRA 的社交功能結合以攬客為目標的企業活動廣告，這種開發型業務就是我的工作。

迎新會上，上司問我想做什麼樣的企劃，我回答的是進公司之前便一直在構思的點子，於是他們讓我第二天就試試這構想是否可行，無奈我幹勁十足，卻缺乏實務經驗。我本來期待多少受一點培訓，但根本沒人有空一對一帶新人。現在回想，總覺得公司那時在培訓新人這方面實在太草率，但當時的我逕自解讀成這就是一流企業的做法，惴惴不安地沉醉於這般不合理的情形。我不敢說我表現得很好，但工作效率超乎前輩的預期，也就以新人之姿成為部門的一大戰力。

進公司第三年，我調到剛成立不久的「ＬＩＮＫＳ」部門。ＬＩＮＫＳ是主攻手機的社交應用程式，靠著操作簡單方便與免費通話功能，推出第一年便創下高達五千萬次的下載紀錄，成為Spiralinks的主力業務，現在反而很難找到沒有下載ＬＩＮＫＳ的手機了。我還是負責業務方面的工作，也就是向企業主提議用於ＬＩＮＫＳ的活動貼圖等。

新的應用程式ＬＩＮＫＳ是取自公司名稱Spiralinks，可惜當初做得有聲有色的ＳＰＩＲＡ因為其他社群網路服務興起，漸趨沒落。畢竟年輕人是主要客層，喜新厭舊在所難免。幸虧ＬＩＮＫＳ蓬勃發展，讓公司本身不受ＳＰＩＲＡ沒落的影響，規模像是用氣壓機灌滿的巨大氣球般顯著成長。

公司之所以蓬勃發展可說是因為我的努力。我不是那種極度自戀的人，但不可否認，確實有著身處急速成長企業中的優越感。若是將日本這國家比喻成一輛新幹線，我可以自豪地說自己是坐在最前面的車廂。

總公司於兩年前遷至新宿的同時，我也被調到行動支付事業部門。原本已淪為純粹只是公司名稱，有名無實的ＳＰＩＲＡ一詞，也憑藉「Spira Pay」這個使用二維條碼的行動支付服務而復活；雖然不像ＬＩＮＫＳ一推出就爆紅，但在國內的非現金支付領域可說占有一席之地。

因為這項服務本身不太可能靠著研發創新功能而擴大影響力，所以目前我們業務部的工作是以最傳統的登門推銷為主，亦即分為走訪各中小型餐飲店，詢問對方「有沒有興趣引進Spira Pay付款機制」的區域型部隊，以及推動大型百貨店與連鎖超市能夠全面引進這項付款機制的大型客戶部隊，我隸屬後者。

促使我不得不開始探尋往事的契機，要從採訪森久保公彥的三週前說起。無論是我進這家公司的經過，還是那場小組討論，都變得像是很久很久以前，我在幼稚園活動表演時的舞蹈動作般，模糊到不太記得了。

❖

「我又不是要你道歉。」

可能是畏懼我有點高八度的聲音吧。鈴江真希說出今天的第八次對不起，隨即像在反省自己幹麼道歉似地蹙眉，看起來頗失落。

「電子郵件這東西只要準備制式版本，複製貼上就能傳送了。不是要你別花那麼多時間弄嗎？你應該也知道自己花太多時間處理吧。」

「是……」

「浪費時間在簡單的工作上，真要花時間的工作卻沒完成，要懂得提升效率啊！知道嗎？」

「知道了。」

這句「知道了」明顯是在敷衍。鈴江能言善道，給人的印象也不錯，唯獨工作效率始終不怎麼樣，令人懷疑她是否有心改善。我知道自己不是高高在上到可以大聲斥責別人的身分，所以每次都好聲好氣地勸說，卻也察覺自己臉上的笑容成分越來越少。人事部要我在培訓期間儘量安排工作給她，我便讓她負責比較無關緊要的電子郵件工作，但對她的忍耐顯然已經瀕臨極限。

「嶌，可以麻煩你一件事嗎？」

我放下公司發配的工作用手機，回過頭，瞧見一臉歉意的經理。看他這樣子，八成沒好事。

「在打電話嗎？」

「正要打，沒事。」

「還是那間醫院？」

「是的。」

「不是還不到一天嗎？會不會催得太頻繁啦？對方也有對方的做事流程，再等等吧。反正也只是要個非正式的申請單。」

「所以才要盯緊一點，哪怕只是先拿到一張也好。對於對方來說是雜事，對我們來說，可是重要的工作。對了，找我有什麼事嗎？」

「其實是人事那邊聯絡我，要我們這邊派一個人幫忙面試。」

「面試？招募新人嗎？」

「應屆畢業生的團體面試，大概下個月六號左右吧……人事那邊說希望各部門派一位菁英幫忙面試，所以想問問你能不能幫忙。」

「我真的沒時間啊。」

隨口誇句菁英就想引誘我答應的企圖實在太明顯，反而讓人興趣缺缺。經理的為人並不壞，只是凡事照本宣科的行事風格實在讓人無法信任。四十幾歲的他外表算是清爽時尚，修剪整齊的下巴鬍，戴著時尚風的圓框眼鏡，比起中間管理職，看起來更像新銳藝術家，外表可說無可挑剔。但怎麼說呢？應該說正因為外表不差，有時反而凸顯內在的不足。

我之所以拒絕協助面試，並非因為不滿經理的一些作為。之所以不是回答「不行」，而是「沒時間」，是因為我手頭上的工作量已經飽和，沒辦法再負荷了。推廣非現金支付方式的一大難關，就是以醫院為首的醫療界。大家之所以不用信用卡支付保險給付的醫藥費，是因為還有手續費之類的問題。不過靠著積點折扣與限定優惠期間的調整，開始有些醫療機構有意願引進，況且醫療界的三巨頭集團也即將點頭，遲早可以拿下他們，做為「Spira Pay」站穩業界的基石。正值如此關鍵時期，我怎麼可能還有時間去當面試官，經理應該也很清楚才是。

「嶌前輩，找您的電話。」鈴江真希突然插話。我交代她問清楚對方是誰，說我待會兒回撥，繼續與經理溝通。要是曖昧回答，經理勢必覺得還有轉圜餘地。

「請找別人幫忙吧。我真的沒空。」

「也是啦。你說得對。你哪有時間幫忙。」

明明已經溝通清楚了。經理卻不知在碎念什麼似地賴著不走，覺得死纏爛打是逼我就範的最快解決方式。自己不想想替代方案，也沒讓步意願地死賴著不走，實在叫人很不自在。八成是想說他表現出苦惱樣，我就會鬆口答應吧。我再次明確拒絕，他才死心般慢慢走回自己的位子。看他那樣子，肯定過沒幾天又會來找我談這件事，一想到就頭痛。

就算我真的沒事做，也不可能去當什麼面試官。

我走向鈴江真希的位子，準備回覆剛才那通電話。走近她那不太熟練地回覆郵件的背影時，發現才剛分發來我們部門的她已經在辦公桌擺上各種裝飾品，其實倒也不覺得礙眼，只是覺得她膽子還真大。

就在我要出聲叫她時，瞧見桌上的一張照片，不由得「啊」地驚呼一聲。

「啊，嶌前輩，」回過頭的她循著我的視線望去，「您知道他啊？」

「……他是相樂春樹，對吧？」

我都還沒說喜歡或討厭，她已露出找到同好般的閃亮眼神，「我可是鐵粉呢！」這麼說。

鈴江真希無視我的冷淡態度，繼續說：

「他歌唱得好，又超可愛，連個性都超棒！是吧？」

「……是哦。」

「他上音樂節目時，像是說話方式什麼的就表現出他的好人品。」

「可是，」我忍不住想酸言酸語，「最近應該沒人認識他了吧。這個人不是吸毒嗎？這樣還能斷言人品好？」

「是沒錯啦……但都是過去的事了。」

「但都是事實，不是嗎？又沒見過他本人，就斷言他人品好，不覺得過於武斷了嗎？」

我反省自己的反應太孩子氣，趕緊問她剛才是誰來電，並數落遞給我的便條紙上怎麼沒寫公司名。

「啊，對不起。對方沒說他是哪家公司，我以為應該是熟識的客戶……也就沒主動問。」

鈴江真希就是會出這種包。

我叮囑她下次記得問之後，回到自己的位子。只好試著上網搜尋公司名稱，卻苦尋不著。其實電話是「〇四八」開頭就有點不尋常，查了一下，是埼玉縣的區碼，想不出誰會從外縣市打電話給我，也不認識這位打電話找我的人，本想乾脆不理會，但已經告知對方會回電，也不好反悔。

沒辦法，只好回電。響了四聲後，有人接聽。

「承蒙關照，我是Spiralinks的嶌。剛才您有來電，請問是波多野小姐嗎？」

「……您是嶌小姐嗎？」

「是的。」

「嶌衣織小姐？」

「……是的。」

一種難以形容的感覺令我不太自在，就在我沉默片刻時，對方說：

「我是波多野芳惠。」

「承蒙關照。」我反射性回應，卻完全想不起這名字。正猶豫著要不要問她究竟是誰時——

「我是波多野祥吾的妹妹。」

「波多野……祥吾？」

我一時想不起來，雖然這名字聽來有點耳熟，但完全想不起來是誰。是小時候看過的動畫主角？國中同學？還是前世戀人？就在我為了掩飾尷尬，拚命搜尋記憶時，波多野芳惠的聲音開啟我的記憶閘門。

「你們好像一起參加過求職活動。」

好幾光年的距離瞬間消失，清楚喚醒八年前的記憶。

波多野祥吾、小組討論、最終選拔考試、那間會議室，還有信封。

一連串的記憶讓我開始冒汗。我從沒忘記那一天、那段日子，只是拚命封印在記憶深處，不願想起罷了。頓時腦子一片混亂，一時忘了自己身在何處，甚至差點忘了自己已在 Spiralinks 工作多年。

「我哥過世了。」

哥哥……我在腦子裡像鸚鵡般複誦著，逐漸明白這句話的意思。

「波多野他……」

「是的，兩個月前的事，」波多野芳惠說，「我在老家整理他的遺物時，發現有個署名給嶌衣織小姐的東西，想說是不是應該聯絡您，所以打電話到公司叨擾。不曉得您有沒有時間來我家一趟呢？如果沒興趣的話，我們會把它處理掉。」

❖

我抵達位於埼玉的波多野家，已是晚上九點。本來可以更早一點下班，但臨時有份估價單需要處理，所以拖了一點時間。我知道這時間不適合造訪素昧平生之人的家，但不想讓不安的心情拖到明天的念頭更強烈。

他到底留了什麼東西給我？

位於朝霞台的大型公寓十四樓，一四〇一號室掛著「波多野」的門牌。當我瞧見前來應門的波多野芳惠時，記憶中的霧靄瞬間散去，清楚想起波多野祥吾的臉。單眼皮卻炯炯有神的圓眼，偏長的臉型。

沒有正式的佛壇，只有擺置故人的照片與香爐。照片中的他除了髮型之外，幾乎還是我記憶中的模樣。上過香，他的父母來到客廳向我致謝，謝謝我為了他們的兒子特地跑一趟，感受得到白髮人送黑髮人的哀痛，對待我的態度卻頗熱情，看來他們什麼也不知道。我原本做了最壞的打算，看來暫且可以安心。

我隨著波多野芳惠走向她哥哥生前住的房間。

波多野芳惠開燈，說：「我哥是因病去世。」

她說了我一直想問的事。

「他不是體弱多病的人，是因為淋巴癌過世。說來慚愧，我們兄妹好幾年沒見，所以一時之間沒什麼太深切的感受。」

「他不住這裡嗎？」

「幾年前搬走的。你知道廣島的比治山嗎？」

「抱歉，不曉得。」

「我也沒去過，好像離原爆紀念館很近……就在廣島市區。他調去那邊工作後，就一直一個人住。其實我比他更早離家，在江戶川區擔任公職，所以我們大概四年沒見面了吧。如您所見，這房間已經空著好幾年。」

房間裡確實沒什麼生活感，床上沒放床墊，取而代之的是滿布塵埃的空氣清淨機與健身單車。書桌上放著成堆書籍和空的垃圾桶。波多野芳惠一邊翻找抽屜，一邊說：

「我今天特地請假回來整理我哥的遺物，然後就發現——請稍等一下。記得是放在這裡，不可能隨手亂擱啊！您先坐一下。」

不喜歡坐座墊的我本來想拒絕，但又不想讓她費心，只好乖乖坐下。緩緩坐下時，清楚感受到雙腳微顫，這股不對勁的感覺促使心跳加快。到底是什麼東西呢？越來越覺得應該是「那個」吧。

就在我喝著她端給我的茶，試圖掩飾緊張時，「找到了，就是這個。」

波多野芳惠坐在我對面的座墊，遞給我一個透明文件夾，裡面有幾張資料。我接過時瞅了一眼裡面的東西，不禁屏息。

「哥哥什麼也沒說。」

波多野芳惠的表情明顯驟變，眼中開始浮現隱藏至今的納悶與狐疑，讓人誤以為房間的照明剎時變暗。她那一直以來的親切態度，說不定是為了引我陷入深不見底的流沙。

波多野祥吾本人應該是想留個紀錄吧。文件夾的首頁用黑色麥克筆寫著：

【致犯人、嶌衣織小姐】

波多野芳惠直盯著一臉愕然的我。

「哥哥開始求職活動的那一年，某天——」她說，「不知道是參加哪間公司的選拔考試，一身西裝的他一回家就抓狂。想說他可能會大鬧一陣，沒想到他卻突然安靜下來回房間，把自己關在這個房間，傳來他的啜泣聲。說真的，我還以為他是不是殺人了，問他也不回應。除了吃飯以外，他一直把自己關在房間。結果沒拿到任何一間公司的內定，他就不再找工作了。我也是找到這個文件夾才想起這件事。」

透明文件夾裡挾著類似便條紙的東西，比一般筆記本稍小，上面有劃線，看起來像是記事本的一頁吧。上面手寫著「得票數」，還有九賀蒼太、袴田亮等，幾個我幾乎忘了的名字。這是那場小組討論的得票數，每個人的名字下方用正字記錄得票數，只有我的名字特地用紅筆圈起，「十二票，內定」這幾個字有如死亡訊息，蘊藏著未知的瘋狂意圖。

文件夾裡還挾著 Spiralinks 當時針對大學生做的徵才宣傳手冊，當年我把內容熟讀到至今都還記得。一股強烈的眩暈感襲來，我用顫抖的手指翻開文件夾，裡面沒塞其他資料，但最下方鼓鼓的，挾著一個USB和一把小鑰匙。

「我也不曉得這把鑰匙是做什麼用的。」

這麼說的波多野芳惠拿起USB，插進擺在桌上的筆電。看她的動作如此熟練，這臺筆電應該是她自己的，而非波多野祥吾的遺物。USB裡有個文件檔和壓縮檔，文件檔的檔名用漢字標示「無題」，壓縮檔的檔名和剛才看到的「致犯人、嶌衣織小姐」一樣。

「這個壓縮檔鎖住了。要密碼才能開，而且要是輸入錯三次，文件就會自動銷毀，不過這個文件檔……」

她一開啟「無題」的文件檔，立刻顯示波多野祥吾寫的短文。

要說那是一段不值得再提的往事，也許是吧。

但我無論如何都想再次真摯面對「那起事件」，那起有如謊言般愚蠢，卻又無比真實的事件。我將二〇一一年求職活動中發生的「那起事件」調查結果彙整於此；雖然清楚知道犯人是誰，但事到如今，也不打算追究了。

我這麼做只是想知道那天的真相。

不為別的，純粹為了自己。

波多野祥吾

一回神，才發現自己摀著嘴，直盯著畫面。一行一行，像在鑽研文章似地仔細看著，卻因為腦子混亂，頻頻看漏字。短短數行的文章反覆看了幾遍，終於理解時，波多野芳惠關掉筆電。

「我的解讀是，我哥好像好像捲進了什麼事件。」

波多野芳野再也不掩飾對我的敵意。

「我確定那起事件的犯人就是你，嶌衣織小姐。因為那張紙上寫著『內定』，想說你該不會是在 Spiralinks 工作，於是不抱期待地試著撥打電話，『請問貴公司有叫做嶌衣織的員工嗎？』轉了好幾個部門才終於找到你，卻不曉得要對你說什麼。你難道沒有話要對我哥說嗎？你到底對我哥做了什麼？該不會做了什麼對不起我哥的事——」

「等、等一下。」

「還等什麼？我哥——」

「你聽我說！我也不知道是怎麼回事啊！」

腦中閃現無數影像。那場會議——最終選拔考試的小組討論開始時，出現一個信封。有人打開它之後，每個人不為人知的陰暗面紛紛曝光。大家議論誰是犯人，互相猜疑，最後波多野祥吾坦承自己是犯人，離開會議室。我記得是這樣，沒錯。票數最高的我拿到內定資格，但問題不在這裡。

我深感詫異地迸出這句話：

「波多野……不是犯人嗎？」

「咦？」

「犯人是波多野啊！至少我一直這麼認為。」

我向波多野芳惠儘量正確說明 Spiralinks 最終選拔考試發生的「那起事件」的經

過，越說越難相信這件事真的發生過，還是發生在自己身上，何況它是讓我成為社會人士的入口。只覺得好奇幻，越發覺得自己像是在解釋昨晚的夢境般空虛。那像是小朋友的創作，事實上也是乳臭未乾的大學生籌謀的卑鄙計畫。

我告訴她，波多野祥吾坦承自己是犯人後，便離開會議室。波多野芳惠起初滿腹狐疑地聽著，或許從我的描述沒聽到半點虛假吧。只見她的表情越來越嚴肅。

「雖然知道犯人是誰，但事到如今，也不打算追究了。」

「致犯人、嶌衣織小姐。」

雖說留下這樣的話，令人難以置信，但顯然波多野祥吾不是犯人。那為什麼他會認為我是犯人？為何硬說我是引發那起事件的犯人？

波多野祥吾，原來犯人……不是你嗎？

我想不起來太細節的事，但那天的各種證據、情報、狀況都指向他是犯人，所以波多野祥吾無疑是犯人。當然，這是很難相信的事，畢竟從那場小組討論開始前我就認為他值得信賴，為人非常親切。即便確定他是犯人後，還是不太相信，沒想到波多野祥吾居然是……然而比起他的為人，最後我還是選擇相信證據。

畢竟無論看起來人品多高尚，也不曉得這個人的心裡在想什麼。笑裡藏刀的人多的是，幾乎所有人都戴著面具過活，告訴我這般事實的就是那場小組討論。

可是真正的犯人不是波多野祥吾。

那麼，是誰？

「方便借用一下嗎？」我這麼說後，接過波多野芳惠的筆電。USB裡的壓縮檔如她所言，顯示需要輸入密碼的畫面。

——密碼是犯人喜愛的東西【限制輸入次數：剩下2／3次】

「還剩兩次……」

「不好意思，」波多野芳惠稍微低下頭，「我試著輸入一次，所以用掉了一次機會。」

壓縮檔應該是以特殊軟體加密的吧。可能是使用免費軟體，但也因為架構單純，反而無法使用其他方法解密。在思考提示前，我先把游標移至輸入欄，一邊看著細線閃滅，試著思索密碼。犯人喜愛的東西，也就是我——嶌衣織喜愛的東西。

我喜愛什麼呢？

壓縮檔裡究竟有什麼？我到底該輸入什麼？就這樣默默思索了約莫幾十秒。

「如果覺得有需要的話，請帶走吧。反正本來就是要給你的。」

波多野芳惠關掉檔案，拔出USB，塞回文件夾後遞給我。

「我為剛才的失態向你道歉。如果知道任何關於我哥的事，也就是你覺得有必要告知的話，還請聯絡我。」

求職活動已經是很久以前的事了。我拿到內定資格，順利進入Spiralinks，一切就像波多野祥吾留下的訊息說的，「一段不值得再提的往事」，也沒必要追究了。

但我還是收下波多野芳惠遞來的文件夾，決定時隔八年後，揪出真正的犯人。

理由只有一個。

打從那天開始，我一直很在意一件事。那件事讓我放棄思考，選擇相信波多野祥吾的自白；但如今知道他的自白是假的，我不得不再面對那件事。

就是他帶走的信封。

不知為何他宣稱信封是空的，隨即離開會議室。如果他是犯人，應該知道裡面裝的是什麼；如果不是犯人，當然就不知道。畢竟信封不可能是空的。

接到波多野芳惠的來電時，我最先想到的是找到他帶走的信封。遺族偶然找到為了告發我而準備的信封，看見內容後認為必須聯繫我，但顯然不是這麼回事。

信封依舊下落不明。

那麼，信封裡裝的是……

我把透明文件夾塞進包包，決定再次回到那間會議室，回到被我視為禁忌，二〇一一年那場小組討論。

❖

即便搭上回程電車，被森久保公彥視為犯人的不悅感仍殘留心中。沒想到除了波多野祥吾之外，還有人認為我是犯人。身體、心靈都好疲累。我被唯一空著的博愛座吸引，想說乾脆一屁股坐下去算了。但終究還是決定抓著吊環，閉目養神，等待到站的廣播聲。

波多野祥吾究竟調查了什麼？既然確信我是犯人，還需要調查什麼？實在匪夷所思。看來要解開這謎團，一定得破解密碼才行；但在別人眼裡看來，我喜愛的東西是什麼，實際上還真是個難解的問題，結果密碼輸入次數依舊剩下兩次。我不知道要輸入什麼，也想不出任何可能答案。

我踩著比平常更沉重的步伐通過驗票口，快步走進就快打烊的成城石井超市，買了沙拉當作晚餐。

一回家，躺在客廳沙發上，疲憊感頓時像大壩洩洪般襲來，眼皮突然好沉重，面前那張擱著沙拉的茶几彷彿離了幾十公里遠。還沒卸妝，不能睡。腦子雖然明白，身體卻不聽使喚。

八年前那起信封事件的犯人當然不是我，也不是波多野祥吾。

那麼，犯人自然是九賀蒼太、袴田亮、矢代翼、森久保公彥，這四個人當中的某人，但就我看來，他們都沒什麼嫌疑。四人當中確實有一個人說謊，撇清自己的罪行，無奈我完全嗅不出任何蛛絲馬跡，也就更覺得疑惑、恐懼。雖說已是八年前的事，也不是搶劫、殺人這等大罪，就算自首也不會被究責，何況犯人絲毫沒露出狐狸尾巴，所以除了森久保公彥，其他人都認定波多野祥吾是犯人，也認為事實就是這麼回事。

果然如鴻上說的，拜託一下人事部，就拿到了當時小組討論的影片。我把檔案存到我的USB，看了兩次。而且還在人事部職員一再強調下不為例的情況下，拿到六個人當年的求職報名表（地址等個資部分塗黑），雖然不曉得能不能藉此鎖定犯人，但多些線索總是好事。我起初看得很仔細，但很快就看不下去，索性塞回文件夾。

九賀蒼太的報名表內容還算能看，袴田亮則是如他所言，大方謊稱他在居酒屋當領班，還帶領義工團體等。矢代翼寫說她對於自己在家庭餐廳打工鍛鍊出來的應對進退能力相當有自信。參與詐騙集團的森久保公彥則是強調自己誠實可靠，還吹噓自己當過十四間公司的實習生。我不好意思看已故波多野祥吾的報名表，自己的則是瞄了一眼，便覺得反感似地扔在一旁。

總之，我試著整合訪談、會議側錄影片、報名表等三項資料，卻還是找不到任何能夠更進一步揪出真正犯人的新線索。唯一比較有利的線索，就是犯人透過mixi、臉書調查最終選拔考試成員的過往，以及使用投幣式置物櫃來交易照片等，勉強算是新線索的線索。問題是，不搞清楚犯人獲取情報的過程，也就無法鎖定犯人。就算找到將近十年前使用的投幣式置物櫃，也不可能採得到指紋，何況要找出當時在社群網站的交流訊息更是不可能的事。

真正犯人的目的應該是拿到內定資格，除此之外，想不到還有什麼其他目的。想說要從取得內定資格的計畫推敲出犯人，無奈進行得並不順利。

九賀蒼太和袴田亮的告發內容超勁爆，也很難反駁、否認。矢代翼雖然爽快承認，但勢必拉低自己的評價。森久保就更不用說了，不但被錄到信封是他帶進來的，被告發的罪行也不輕，所以就某種程度來說，他最不可能是犯人。

所有照片都有類似雜訊的圖案與黑點，成了會議後半段的爭論點。從影像可以確認三張照片應該是同一臺相機拍的。

這麼一來，四月二十日的不在場證明便成了鎖定犯人的關鍵點。我的記憶再次回到二〇一一年四月二十七日那天的衝擊體驗。包括我在內的五個人都有不在場證明，唯一沒有不在場證明的是波多野祥吾，所以他是犯人。

既然波多野祥吾不是犯人，那麼第二可疑的是誰？若是這麼問的話，就連我也會做出和森久保公彥一樣的結論，那就是信封沒被打開，成功拿到內定資格的我。

短促的震動聲促使正在打盹的我醒來，牆上的時鐘指著十一點半。我抓起放在茶几上的手機，原來是大學時代的友人傳來訊息。

「下週聚會衣織也來參一腳嘛！都是我精心挑選過的極品男哦！（笑）」

我把手機隨手扔在沙發上，開始吃早已過了用餐時間的晚餐，然後揉了揉眼，去廚房拿茉莉花茶。

衣織，也該認真找個對象交往了。每天一個人在昏暗的房子裡吃飯，很可怕吔。你要是覺得男人隨時都能找，可就大錯特錯。為了將來著想，現在就要努力啊！衣織啊，感覺你進了這間公司後，整個人就變得越來越消沉。

這是兩個月前，剛才傳訊息給我的朋友對我說的話。室內明亮不明亮是燈具的關係吧，我覺得還算亮啊。這麼回應後的我又想了想，這房間的確偏暗，沒想到租個比較大的房子反而麻煩，畢竟一個人住沒必要打開所有照明設備，好比待在飯廳，客廳那邊就暗暗的；待在客廳，飯廳就沒開燈；窩在房間睡覺時，整間房子也就一片漆黑了。

一年三百六十五天，一天二十四小時，說我從來不覺得寂寞是騙人的。說來難為情，就像天有晴雨，有時也想找個人依靠，但這只是一年當中寥寥數日的想法，所以沒必要為此經營一段戀情。何況我不相信世上有能讓自己信任到可以託付後半輩子的人，這事無關性別，只是覺得就算尋遍世界也找不到這種人。

我並非獨身主義者，步入社會後也談過兩段感情，只是與他們的關係與其說是談戀愛，不如用交往這詞形容更適合。就像對方約我吃飯，找不到理由拒絕。好吧，就赴約吧。說不上很喜歡對方，但也不討厭就是了。怎麼說呢?就像將自己委身於輸送帶，踏步前進。結果就是兩段感情都以可笑的方式劃下句點，什麼你和我想像的不太一樣，不然就是你沒那麼喜歡我吧。然後發現對方腳踏兩條船，也就分手了。

雖然感情陷得不深，但嘗到背叛滋味還是會受傷。我明白自己滿足不了他們想要的，所以才會被報復；但又很想指責他們既然要做這種事，乾脆一開始別搭理我不就得了。試圖自我排解，內心卻又不夠堅強的我，自我防衛的方法就是背負著像是被開了空頭支票般的心情，厭倦一切地在昏暗房子裡獨自吃著超市買的沙拉。

我不是逞強，反而打從心底覺得安穩，過著比旁人看起來更為充實的生活，也許這一切多虧了工作。忙碌是被社會強烈需要的證明，這世界認可我的存在。或許就像朋友說的，二十年後等待我的是絕望的未來，縱使如此，我還是滿足於現在的生活。

吃完沙拉，我抽了張面紙擦嘴時，腦中響起森久保公彥的聲音。

工作開心嗎？果然有著不惜踐踏喜歡自己的人，也要得到手的價值嗎？

其實被認為是犯人這檔事，已經無所謂了。我更在意的是波多野祥吾喜歡我這件事。

我知道他不討厭我，我也不討厭他，至少在那場小組討論到來之前是這樣沒錯。要說是不是有想進一步交往的好感，我也不知道，或許因為我們是在求職活動期間認識的緣故吧。

清楚知道犯人是誰。

他如此斷言，帶著確信我是犯人的執念，去了另一個世界。如果他真的喜歡我，被喜歡的人背叛所遭受的衝擊有多大？我試圖想像，卻想像不出來。

適度滿足食慾後，睡意再次襲來。

「謝謝你的邀約，但不好意思，我想暫時一個人在昏暗房間裡吃沙拉。」

回覆訊息後，我拉開客廳的窗簾，雖然住的是公寓，但因為住在一樓，所以窗外是一方小庭院，不是陽臺。我穿上室外拖，走進庭院，深吸一口戶外空氣，仰望夜空。凝望偌大的下弦月時，我突然有個想法。

該不會犯人真的就是波多野祥吾？

❖

這般預感日益強烈。

畢竟冷靜想想，並未發現任何可以證明波多野祥吾不是犯人的證據。他留下的USB裡頭記述著犯人另有其人，但除此之外，沒有任何證據可以證明他是無辜的，也就是說，這是他的片面之詞。

所以說——一旦這麼想，對於信封事件的執念便開始淡化。波多野祥吾就是犯人，他不甘心自己被識破，才會留下那樣的訊息。不是為了給誰看，只是為了安撫自己，之所以在ＵＳＢ裡留下那樣的文件檔，也並非不可能的事，至少這推論比起犯人是其他四人其中一人的想法更符合邏輯。

更重要的是，這麼認定才不會影響我的心理健康。如果他是犯人，那他手上的信封就是空的，對於我的告發也就不存在了。所以還是這麼相信比較好。

調查陷入瓶頸，幾乎沒什麼進展，畢竟要揭露一件將近十年前，在一間小會議室裡發生的事件真相，這行為實屬無謀。

隨著「指導」相樂春樹的粉絲——鈴江真希的次數不斷增加，搜尋信封事件真正犯人一事的順位也就越來越低。

我沒忘記，但再這樣下去遲早會忘記。就像抱著事不關己般的確信，思索該怎麼處理過了保存期限的調味料，不使用也捨不得丟，只能假裝沒看見，讓它在冰箱裡緩慢、澈底死去。「事到如今也於事無補了」，內心某處期待有人認同我這想法，任其繼續腐敗下去。

然而，波多野芳惠的一通電話讓我無法無視這件事。

「有事拜託你，方便嗎？」

我曾簡單告訴她，自己開始調查信封事件。她倒是沒有哭著說什麼「請幫忙洗刷波多野家的冤屈」，而是一副請我自便的回應，所以沒想到她會主動聯絡我。傍晚時分還待在辦公室工作的我不由得提高音量：

「有事拜託我？」

「記得你說過當時有錄影存檔，是吧？」

「錄影存檔……是說小組討論嗎？」

「是的。」

「怎麼了嗎？」

「能讓我看看影片嗎？」

不明白對方意圖的我選擇沉默。

「我哥生前的影片比我想像中還少……所以我想看看他還活著時的樣子。」她停頓片刻後，這麼說。

我不可能隨便答應她。雖說是徵才時拍攝的影像，還是屬於公司內部機密。但畢竟死者為大，總覺得一派公事公辦樣的拒絕也不妥當，還是乾脆借給她看？不行，我和她沒什麼親厚關係。倒也不必擔心她會拿去濫用就是了，雖說如此，真的有必要打破規則幫她一次嗎？我握著手機，煩惱著該如何回答，只好以曖昧回應拖些時間。

我最後想到的折衷辦法是，剪輯幾個無關緊要的片段給她看。比方說，波多野祥吾走進會議室的瞬間、簡單打招呼時、笑著發言時，不用三分鐘就能剪輯完成，把不涉及會議核心的影片給她看應該沒問題吧。就算被人事部那邊知道，多少會挨批，但我不說就沒人知道。

如果採這般方式，應該能幫上忙。沒想到波多野芳惠聽到我這一點也不吸引人的提議，居然很激動地說：「還請務必幫忙。」

那天我趕在晚上七點前完成工作，趕回家剪輯影片。本來以為應該可以湊成約三十分鐘的影片，沒想到「無關緊要」的鏡頭比想像中來得少，設法剪輯出來的影片長度只有三分鐘，可真是傷腦筋，但一時又想不出替代方案。眼看約好碰面的時間迫近，抱著平板的我一邊尋思藉口，來到自家附近的咖啡廳。

我沒遲到，但波多野芳惠早已入座。她看到我時，趕緊起身打招呼。

「不好意思，突然聯絡你。」

「別這麼客氣。我也很抱歉，沒辦法完全回應你的要求。」

波多野芳惠連聲道謝後，聳了聳肩，「其實我自己也很意外。」

「意外？」

「想看我哥生前的模樣。」

隨著她的一句「啊，請坐」，我坐到她對面。波多野芳惠開始自言自語似地聊起現在的心情。

「其實我們很久沒見面了。對我來說，他不是讓我非常喜歡或是引以為傲的哥哥……但怎麼說呢？當我意識到自己再也見不到他之後，就想蒐集、留下關於他的回憶，想蒐集我所不知道的他，在心裡好好整理吧。」

說了這麼一大段話的她有些難為情地說：「真是的！我在說什麼啊。」

她露出期待我一笑置之的眼神，但我覺得這麼做並藉機轉換話題不太妥當，所以選擇沉默以對，催促她繼續說下去。

「說起我哥，還真是一肚子氣。我們在家常常吵架，每次吵完，我都跟朋友發牢騷……可是啊，怎麼說呢？要是朋友附和：『太過分了。你哥真的很差勁。』我明明很氣他，卻又不滿別人批評他。相反地，要是聽到別人說什麼：『我之前見過你哥，他人挺好的啊！』我又覺得心裡不是滋味。每次萌生這種矛盾情感時，就會意識到我們是一家人，是無可取代的存在。所以……當我整理他的遺物，發現文件夾和USB之後，就對嶌小姐懷著複雜情感。那時我對你有敵意，很不禮貌……再次向你道歉。所以，真的很謝謝你，不管影片多短都無所謂，只要能再看到我哥的側臉——」

「要不要來我家？」

「咦？」

「在我家可以看完整影片。」

我也很詫異自己居然這麼提議。因為我不喜歡邀請別人來我家，甚至說是厭惡也不為過，沒想到竟然主動邀約，應該是對她的感受有所共鳴吧。她那絮絮叨叨，有點語無倫次的話語打動我的心，並不是想和她成為朋友，也不是基於同情，純粹只是想真誠待她。因為我也有哥哥，能夠理解她的心情。

「給我十五分鐘，我回去收拾一下。」

我留下她獨自在咖啡廳，奔回家將隨手一扔的衣服塞進衣櫃，簡單清理成舒服觀影的環境後，打電話給她，告知我家地址。

「好漂亮哦。不愧是在一流企業上班的人。」

「哪裡、哪裡。沒那麼好啦。總有地方要是不開燈就很昏暗。」

「……嗯？」

「沒事，我隨口說說。」

不喝酒的我請她諒解家裡只有葡萄汁，將放在冰箱裡的Welch's果汁注入紅酒杯。學生時代的我曾在提供酒類的咖啡廳打工，所以對玻璃杯特別有研究。明明不喝酒，家裡卻有很多飲酒的器物，類似蒐集紀念品的感覺。

我索性將筆電連結電視，因為家裡沒什麼零食可吃，只好拿出放在櫃子裡的餅乾，用紙盤盛著擺在茶几上。

不管怎麼說，波多野芳惠是來看看兄長生前的樣子，坐她旁邊實在有些失禮，所以我坐在飯廳那邊，假裝在用平板處理事情，以免她覺得過意不去。

看著影片的波多野芳惠，迸出口的第一句是：「哇！好年輕。」

還真是令人會心一笑的反應。小組討論開始，就在波多野祥吾提出投票規則時，「沒想到他口條這麼好啊。」她發自內心感到驚訝似地看向我。

「我記得波多野一直都是給我這樣的感覺，難道他在家裡不一樣嗎？」

「就是啊！根本不會像這樣講話……就像變了個人似的。」

「可能因為是求職期間吧，多少得加把勁才行。」

「他在家只會說些無聊廢話，每天不是打遊戲，就是睡覺，連家人都不曉得——不對，正因為是家人才不曉得他的另一面。總覺得真是難為情啊。應該——」

只見話說到一半的她突然想掩飾情緒似地朝我微笑點頭，卻還是忍不住啜泣。總覺得這時勸她喝點葡萄汁，不太適宜，於是我倒了杯茉莉花茶放在茶几上，並拿起放在客廳一隅的面紙盒遞給她。波多野芳惠的淚水止不住地淌落。

這麼說挺無情的，波多野祥吾這名字在我結束求職活動那一刻，便和往生者無異。所以面對他去世一事，我實在感傷不起來，或許內心多少有點失落，但就像學生時代聽到某樂團解散一樣，只是間接感受到一股寂寥。

但波多野芳惠的情形不一樣，死去的是自己的親哥哥，而且是僅僅幾個月前才發生的事。我用若有似無的力道溫柔撫著她那不停顫抖的背部，待她情緒稍微平復後，我問道：

「你哥生前是在哪裡高就？」

深怕太敏感的話題會讓她情緒更潰堤，所以我特地挑了個比較無關緊要的問題，一方面也是純粹好奇。

「他為了找工作，延畢一年。」

聽到這句話時，我把期望值降到最低，沒想到從她嘴裡迸出國內最頂尖的ＩＴ企業名，讓我驚訝不已。即便當事人已去了另一個世界，我還是不由得表示嘆服。

「雖然不清楚他是在做什麼，但他好像挺樂在其中，是個十足的工作狂。因為他連親戚的紅白事也沒空參加，所以我媽打電話罵他，數落他哪來那麼多工作要做，肯定是在外面亂搞。其實我媽也知道他不是這種人，應該是工作真的太忙了。生病後他還是堅持上班，直到實在撐不下去……不曉得我哥工作時是什麼樣子呢？」

我重新播放暫停的影片，默默看了二十五分鐘後，再次按停。

「沒了嗎？」她有些失望地問。

「當然還有，只是接下來……怎麼說呢？有點偏離主題。」那個信封即將登場，我思索著該如何啟齒，「全部看完也要兩個半小時，如果你想繼續看，當然沒問題。」

「我想看，雖然多少會看到哥哥難堪的模樣，但今天難得有此機會，只是覺得一直待下去會打擾到你，真的不好意思。如果可以的話，我還是想看完。」

我輕輕頷首，按下播放鍵。

影片中的我注意到擺在門附近的信封。我走回餐廳繼續工作，之所以不想看影片，是因為不忍看見彼此信賴的夥伴逐漸丕變的模樣。

影片中的我和現在判若兩人。

那時的我打從心底相信別人，對每封告發信深感驚訝、感嘆、失落，單憑一句不可能就反駁所有告發。當時的我不是在裝乖，而是真心這麼想。二十歲出頭的年輕女孩被一步步逼至懸崖，苦嘗絕望，所以絕對不是什麼愉快的影片。

零歲到十歲的變化有如奇蹟，十歲到二十歲堪稱革命，二十歲到三十歲的外表像是系統更新般微調，內心卻起了劇烈變化。

這個嶌衣織是何時死去的呢？

從何時開始，變得如此不信任人？

何時開始發現自己善於分辨別人的嘴臉？

影片隨著波多野的慘敗離去而落幕，此時已將近晚上十一點。

看完影片的波多野芳惠就這樣盯著全黑的螢幕有好一會兒。如果相信波多野祥吾是無辜的，那這兩個半鐘頭的影片就是一齣悲劇。看著自己的哥哥被包括我在內的五個人視為犯人，不做任何辯解地離去，她會忿忿不平也是理所當然。

沒想到波多野芳惠只是長嘆一口氣，露出有些釋然的表情，說了句：「謝謝。」

我不曉得該如何回應。

「我一畢業就考上公職，所以沒經歷過什麼求職活動，原來是這種感覺啊。」

「倒也不見得是這樣。」本來想說才沒那麼離譜，卻半晌說不出話來；雖然沒有如此寫實具體，但或許求職活動就是這麼回事吧。這想法瞬間掠過腦海。

「你覺得誰是犯人？」

當然不能說應該是你哥哥，只好回答不知道，隨即又補了句：

「我想，你看完影片應該也知道，關鍵點就在於四月二十日那天的不在場證明，也是最確切的一點。」

我遞出一張簡單整理所有人的不在場證明表格。

	下午二點	下午四點	下午五點
波多野	沒事	沒事	沒事
九賀	上課	上課	還書

袴田	面試	沒事	打工
矢代	面試	沒事	打工
森久保	大學	面試	取書
我	上課	沒事	打工

方框圈起來的是被偷拍的時間點。每個人的不在場證明都有可信賴的第三者證明，所以從這表格一看就知道犯人是波多野祥吾。就某種意思來說，我希望波多野芳惠能接受這般殘酷事實，明白她哥哥真的是犯人，接受已故親人的另一面，心情平靜地離開這裡。

就在我思忖該如何開口安慰時，波多野芳惠緩緩翻閱我遞給她的記事本。我忘了從釘著釘書針的第二頁開始，之後都是不能給外部人士看的資料，一時大意的我實在不好意思出聲嚇阻。就在我伸出右手，禮貌地請她還給我時，她已經開始翻看六個人的報名表。

「那個……」

「不好意思，這是公司內部機密文件，請還給我……」

「我的意思是……」

波多野芳惠再次看向那張表格，說：

「不覺得不可能嗎？」

「不可能？」

「不可能一天之內拍三張照片吧。應該說也不是絕對不可能，但這樣的距離就這麼一點時間的話，不太可能辦得到。」

我接過記事本和報名表，又看了一遍。

「應該可以吧。一橋大學在國立，慶應大學在三田，矢代在錦系町，三個地點連起來剛好是個小三角形。」

「這個叫九賀的就讀綜合政策學系。」

「那又如何？」

「校區在神奈川縣啊。」

我詫異地一時說不出話來。

「慶應的湘南藤澤校區，我高中時的好友就是讀那裡，絕對錯不了。」

有種難解的拼圖終於對上第一片的心情。

我沒去過慶應的三田校區，倒是搭計程車經過幾次，每次都會怔怔眺望慶應的校舍，便有了先入為主的觀念。我拿起放在飯廳桌上的平板，用地圖應用程式查了一下，發現下午兩點從一橋的國立校區出發前往慶應的神奈川校區，無論是搭電車還是公車都得花上二小時，但這還不是主要問題點。犯人下午兩點在國立，四點趕到神奈川校區偷拍九賀的話，時間雖然吃緊，但還算可行；問題是絕對不可能只花一小時就從神奈川趕到錦系町。用程式試算，搭公車與電車起碼也得花上一小時又四十分鐘。就算開車行駛高速公路，也要一個半鐘頭，所以根本不可能辦得到。

要是按照他們提出的行程，一次根本拍不了三張照片。

顯然有人說謊。

這就怪了。我已經多次檢視拍照時間點是否有誤，莫非我的前提根本是錯的？之所以沒有深入細想，是因為無法理解堂堂謊稱行程的意義與好處。宣告假行程因而得利的並非宣告者，而是擁有不在場證明的犯人，因為宣告者被偷拍的照片就是最佳的不在場證明。

之所以撒謊的理由只有一個，那就是包庇犯人。

「……難不成有共犯？」

波多野芳惠的這句話讓我起雞皮疙瘩。

也就是說，九賀蒼太、矢代翼、森久保公彥，三個人可能私下共謀囉？他們事先掌握到波多野祥吾二十日那天沒有任何行程，然後套好將他塑造成犯人的證詞。這個光想像就令人作嘔的假設不會是真的，不是我一廂情願，而是就邏輯上來說不可能。

假設他們事先共謀說謊，應該能更巧妙地掌握會議流程。既然目的是拿到內定資格……當然，至於推舉誰就不清楚了。那就應該採取更直接的手段，何必這麼麻煩，直接投票給同一個人就行了。畢竟六分之三，一半選票都在他們手上，完全可以採取更和平、更有效率的方式進行。還是，犯人確實只有一個？

那麼，他們三個人為何要謊稱行程？

我忽然想起矢代翼說過的話。

「……被威脅了嗎？」

「威脅？」

「被犯人威脅。」

我拔掉連著電視的傳輸線，將筆電挪至手邊，點開錄音檔資料夾，找到名為「yashiro_20190524」的檔案。五人的訪談都在當事人同意下，用手機進行錄音。我一邊回想，一邊仔細搜尋那個關鍵點，與錄音檔搏鬥了約三分鐘後，終於找到我想聽到的那句證詞。

——我在會議上被「犯人」威脅，坦然撒謊。嗯？是啊，我記得是這樣，難道是我記錯了？我記得被要脅說要是不想讓照片傳到其他公司，就要照著說，可要好好想想，別錯過這機會哦。這是怎麼回事？難不成是我的幻覺？已經記不太清楚了。畢竟連你們的名字都忘了。哈哈。

照理說，沒人會幫助犯人，大家一起合作找出犯人才是最有效率、最符合邏輯的方式。不過，要是被犯人握住把柄的話，可就另當別論。弱點就是信封裡的內容，犯人只須威脅要將這東西送到其他面試公司即可，等同掌握他們的命運。

明白緣由之後，接著浮現的疑問是犯人如何威脅呢？當然不可能當面指示，也不可能在會議中傳訊息指使，畢竟確認不在場證明之前，沒人碰手機。有什麼方法能在不暴露自己是犯人的前提下，威脅當事人謊稱行程呢？

為了找出答案的我再次開啟影片。

「……原來如此。」瞬間想通了。

答案真是再簡單不過了。

我確認著九賀蒼太最初打開信封時的情況，可惜拍得不是很清楚，雖然感覺頗可疑，但沒拍到決定性的一刻。難不成是我推敲錯誤？幸好這般不安在森久保公彥打開信封時，瞬間煙消雲散。

「這個很可疑吧？」

「……真的吔。」

波多野芳惠湊近看著畫面，十分認同地頷首。

「從信封裡抽出兩張紙。」

森久保公彥為了陷害九賀蒼太，打開信封，抽出裡面的紙放在桌上。就在大家的焦點都集中在那張紙的時候，森久保察覺信封裡好像還有東西，偷瞄了一眼，雖然這動作不明顯，不仔細看還看不出來，但他確實瞄了眼信封，抽出第二張紙，這張紙很小，和信用卡差不多大。

以兩倍速播放一段時間後，發現森久保趁其他人不注意時，頻頻偷看紙片，待矢代翼誇稱犯人應該只有一個人的時候，他慌忙將紙片揉成一團，雖然透過影片判讀不出紙上寫些什麼，但內容不難想像。

「你的照片公布後，要謊稱是四月二十日下午兩點左右發生的事，如果不照做，就把這張照片寄給其他你正在應試的公司。」

矢代翼手上是告發波多野祥吾的信封，會議快結束時才打開。從影片中可以確認她一樣也是偷偷地抽出第二張紙，而且可能是察覺會議時間所剩無幾，於是她無視會議進行的內容，趕緊主動提起自己被偷拍的時間點。明明她的照片已經公開一段時間，卻刻意地再次提起，這行為怎麼想都很唐突，現在總算解開這個令人疑惑的謎了。

九賀蒼太、森久保公彥、矢代翼在犯人的威脅下，謊稱行程。照這樣推論下去，應該正逐漸迎向事件的真相——無奈如此樂觀想法僅僅持續幾秒，因為我立刻意識到自己不知下一步該如何著手。在無法斷言誰是犯人，誰不是犯人的情況下，袴田亮是犯人的推論可說是最簡單易懂，但就邏輯來說，也不能排除另外三位佯裝成受害人，在信封裡藏了第二張紙的可能性。那麼，之所以要謊稱行程的事實只有一個。

那就是，波多野祥吾確實是無辜的。

我不曉得波多野芳惠是否領悟到什麼，但光是這樣的事實就令我備受衝擊。波多野祥吾留下的訊息是真的，既然他不是犯人，那麼「那個信封」裡裝的就是對於我的告發。

我逃進廚房，從冰箱拿出茉莉花茶猛灌，試圖壓抑自己的激動情緒。

我拿著杯子，抬頭瞧了一眼時鐘，發現指針即將指向明天；雖然要求看完影片的是她沒錯，但之後的推敲是由我主導。我趕緊詢問是否還有末班車可搭，她笑著說還有，但確實是我的疏忽，沒注意到都這麼晚了。

就在我心懷歉意時，波多野芳惠一邊收拾茶几上的紙盤，一邊說：

「時間不早了，我也該走了。謝謝你邀我來，還讓我待這麼久，真的很不好意思。」

「你太客氣了。我來收拾就行了，反正只是扔進垃圾桶。」

「沒關係，順手收拾而已。」

她收拾好後，走到玄關時，再次向我道謝。

「雖然心裡還是有些遺憾，但今天能看到影片，真是太好了。」

「那就好。」

「你對我這麼親切……真的不知道該怎麼道謝。嶌小姐，你人這麼好，為什麼哥哥會誤以為你是犯人呢？」

我不知如何回應。

「對了，可以冒昧請教一件事嗎？純粹是出於好奇。」

「什麼事？」

「你覺得我哥拿走的信封，也就是對你的告發內容會是什麼呢？」

我一時語塞，擠不出半點笑容，當場怔住。

意識到自己不該這麼問的波多野芳惠趕緊道歉，隨即步出大門。站在門後的我確定她步出門廳後，像要忘了那個提問似地慎重鎖上大門。

鑽進被窩的我知道自己睡不著，腦子異常清醒。

我拿著一杯茉莉花茶和筆電，來到庭院。簡單擦拭庭院桌椅上的露水，靜靜地坐下。剛搬進來時，喜歡到每天都會使用的這個空間，如今卻顯得多餘。一吹風就會塵土飛揚，不時從牆外傳來行人喧鬧聲，舒適的季節又比我想像中來得短。即便如此，像這樣偶爾來到庭院，也算是對於在家具展上花了兩個小時才挑到的桌椅，一種贖罪心態吧。當然，有時也會迎來舒爽夜風。

我插上USB，點開壓縮檔，游標在夜裡顯得分外刺眼的螢幕上一閃一閃的。

——密碼是犯人喜愛的東西【限制輸入次數：剩下2／3次】

我注視著畫面，啜著茉莉花茶。只剩兩次機會，不敢隨便嘗試的恐懼感讓剩餘次數始終停留在2／3。我把想到的單字都記下來，卻還是沒有十足把握。

當我走在看不見出口的迷宮時，忽然想起波多野芳惠那句話：

「為什麼哥哥會誤以為你是犯人呢？」

對哦。森久保公彥也認為我是犯人，理由是我利用波多野祥吾對我的愛意，這個奇怪的論斷。波多野祥吾又是如何呢？他真的喜歡我，而且表現得很明顯，所以直覺自己的感情被利用了嗎？還是瞬間察覺到我有著可怕的魅惑魔性呢？

心底湧起一股無從宣洩的情感，真是遺憾啊。雖然不曉得到底在遺憾什麼，就是覺得遺憾。心緒紛亂的我試著上網搜尋「波多野祥吾」，倒也不是期待什麼，只是想打發時間罷了。輸入名字後，才猛然想到這名字在全日本恐怕有一兩千人，卻又楞楞地想著說不定能找到什麼關於他的情報。果然如我所想，找到應該是關於他的網頁。

——【散步社團：步步】畢業生介紹

是個即使初次造訪，也給人十足懷舊感的網站。十年前就已經瀕臨滅絕，只學過基本HTML就架設網站的外行感，格外惹人憐愛。讓人感受到年歲增長的不單是照片，還有網站上各種情報，都殘留著時代變遷帶來的數位化臭老感。

「畢業生NO.065 波多野祥吾：二〇一二年畢業，佯裝好青年的腹黑大魔王。」

我看著這個應該是社團夥伴寫的，和他給人的印象完全不符的標題，不由得嘆氣。網站上還放了幾張他的搞笑照片，自我介紹一欄寫著「感動感謝，步步到永遠」，這種外人看了不知如何評價的句子。照片上的他和我印象中的模樣一致，應該是大四時拍的吧，但臉上表情比我認識的他來得柔和。原來如此，如果是這樣的他，確實會窩在家打一整天遊戲、睡覺。

我點開網頁上方名為「回憶」的連結，跳出二〇〇六年到二〇一五年的選項。我試著點選二〇一一年，出現大量照片，按照「迎新聯誼」、「五月駒込～巢鴨」、「七月日暮里～千駄木」、「夏季集訓遍路」等活動分門別類。從照片上來看，他們定期會舉行路程比較長的散步活動，算是滿活躍的社團，也看到波多野祥吾參與活動的模樣。想說分享他的回憶也分享得差不多了，正準備關掉網站時，我突然想起對他的告發是未成年飲酒，這網站會不會就是情報來源呢？

我點開應該是他入學的那一年，二〇〇八年，果然在「迎新聯誼」找到波多野祥吾喝酒的照片。那時還是大一新生的他坐在藍色塑膠墊上，開心喝酒，神經實在很大條。雖然不太可能有人閒到來逛這種個人網站，舉發別人未成年飲酒，但他也實在太沒警戒心了。果然是神經很粗的大學生。我不禁苦笑，正要關掉網站時，突然有種違和感。

我湊近螢幕，仔細端詳波多野祥吾喝酒的照片。

真的是這張照片嗎？

總覺得有種見到贗品似的違和感。照片是波多野祥吾坐在塑膠墊上沒錯，但那時的照片有這麼清晰嗎？印象中好像有點模糊，而且這張照片裡的他喝的是思美洛，記得那時在會議室公開的照片不是思美洛。

我再次點開影片確認，果然沒記錯，照片不一樣。因為波多野祥吾穿著一樣的衣服，自然以為是同一天拍的照片，其實構圖有著微妙差異，而且他手裡拿的是麒麟拉格啤酒，不是思美洛。我又回到散步社團網站尋找，還是沒找到麒麟拉格啤酒的照片。滿腹狐疑地滑著滑鼠滾輪時，瞧見最下面有一欄「未使用照片」，點進去一看，裡頭的照片更多；雖然挑選照片的人稱不上專業等級，但確實有些水準，這區的照片品質明顯比較差，除了手震、失焦等瑕疵之外，還有很多不曉得在拍什麼的照片。

我在這些大量的瑕疵照片中，找到波多野祥吾喝麒麟拉格啤酒的照片。

犯人果然是從這裡抓照片。

我享受小小成就感的同時，卻也想知道為何有種違和感。

為什麼犯人不用思美洛的照片，而是刻意從未使用照片裡找出麒麟拉格的照片呢？這張瑕疵照片絕對稱不上好，雖然看得出被拍者是波多野祥吾，影像卻頗模糊，一旁的樹還比較清晰。以拍攝的年代背景來看，應該是用數位相機拍的，但拍攝角度有點歪，勉強從罐子上的圖案看得出來是麒麟拉格啤酒，真的拍得很不清楚。

相較於此，思美洛的照片都是放在正規的「回憶」一欄，品質確實比麒麟拉格啤酒的照片優秀多了。不但波多野祥吾的模樣十分清晰，就連思美洛的瓶身標籤都拍得很清楚，拍照角度也沒歪斜。

如果我是犯人，實在找不到不用這張照片的理由，而且怎麼想也不可能是碰巧沒找到。畢竟要找到麒麟拉格啤酒的照片，必須先點開「回憶」一欄，再點進「二〇〇八年」的「未使用照片」，但依照未使用照片的排放順序來看，肯定會先看到思美洛的照片；也就是說，犯人不是沒找到思美洛的照片，而是主動選了麒麟拉格啤酒的照片。

怎麼想都覺得很怪。兩張照片除了拍攝品質有差之外，另一個相異點，就是手裡拿的酒類不同。

那麼，也就是說……

剎時，腦子裡迸出三個小火花。

試圖讓腦子冷靜下來的我喝了口茉莉花茶，情緒亢奮得連瓶蓋都蓋不好，確信自己的推測是對的。雖說是小到微不足道的事實，卻一次解開了兩個疑惑。

為什麼波多野祥吾誤認我是犯人？

還有，真正的犯人是誰？

2

我必須好好思考如何與犯人交手。

雖說我對自己的推測有信心，但畢竟只是推測，要是直接戳破犯人的假面具，就怕對方否認到底，反而對我不利。況且我手上沒有像是監視器影像、GPS之類的有力證據，所以連著犯人的那條線是一拉就會輕易斷掉的玻璃線。

還真是可笑，現在的我只能期待犯人自白，巧妙引誘他落入陷阱，說出實情。要是有任何可以否認的退路，就永遠無法迫使他老實招了。而這起信封事件也就沒有真相大白的一天。

左思右想後，我決定從除了犯人以外，其他參與最終選拔考試的成員口中再次套出某句證詞。為了不讓犯人有任何脫身的縫隙，必須澈底堵住壕溝。

我聯絡先前磋商過好幾次關於「Spira Pay」引進事宜的醫院，接著打電話給九賀蒼太。因為他有給我名片，所以知道他的工作用手機號碼。

「那起信封事件的犯人好像不是波多野祥吾。」

九賀蒼太聽到我這句話，頗驚訝似地沉默半晌，說：

「……真的嗎？那是誰？」

我瞬間猶豫了一下是否該說出名字，結果還是決定告知。

「犯人是袴田。」

九賀蒼太思忖片刻後，回道：「哦……那個打棒球的。」

「是的。我還有幾件事想確認，方便見面嗎？一小時就行了。」

「剛好有點忙，這個嘛……是有點不太方便啦。不過要是下午一點來我們公司一趟的話，我應該能抽空一小時吧。我今天剛好在總公司。」

我邊確認螢幕上顯示的行程表，確定調整一下工作量，應該能空出一小時，只是勢必得加班了。

約定的時間迫近，我趕緊搭計程車前往六本木的辦公大樓區。快到約定時間時，接到九賀的來電，改約在咖啡廳碰面。

「就在我們公司旁邊那棟大樓的一樓，你先進去等我。」

我來到咖啡廳，點了一杯招牌咖啡。店外設有露天座，想說坐那裡的話，他比較容易找到我，果然九賀一眼就看到我。

「抱歉，突然換地方。因為我們公司在二十八樓，不好意思讓你還要上去。我先去點個喝的。」

他走進店裡後，從大樓那邊走來一群黑色團體。從頭到腳一身黑的他們不是什麼變裝團體，而是求職生。從他們稍微舒緩的表情看來，應該是最終選拔考試結束了吧。男女六人保持著微妙距離並肩走著，來到離我有一小段距離的露天座位。

「又到了求職季囉，」九賀蒼太一手拿著冰咖啡回來，「我們那時代也已經是過去式囉。那時和現在，哪個比較好呢？」

是啊，哪個比較好呢？其實只要敷衍回這麼一句就行了，但我實在沒心情閒聊。可能是察覺到我有點緊張吧，他一臉嚴肅地落坐後，很快切入正題。

「你說波多野不是犯人？」

我點頭，簡單說明這幾天發生的事。波多野去世後，從他的遺物裡發現一篇控訴我——嶌衣織才是真犯人的短文；但我不是犯人，所以開始尋找八年前的真相，訪談了包括鴻上在內的五個人，終於在前幾天鎖定真正的犯人，但為了讓犯人自白，必須要有除了犯人以外，另外三位參與最終選拔考試成員的證詞。

「所以需要我的證詞，是吧？」

「你先看一下這個。」

我從包包取出文件夾，放在他面前。趁他確認文件內容時，我再次伸手探向包包，抓起記事本，瞄了一眼包底後，放回記事本，轉而抓起保特瓶，確認一眼包底後，又放回保特瓶。難不成會功虧一簣嗎？搞不好會失敗。我努力掩飾自己的不安，一邊祈禱，再次抓起記事本時——

「這不對吧？」

我聽到九賀蒼太的聲音，趕緊抬起頭。

「什麼不對？」

「這個。」

九賀蒼太指著波多野祥吾在迎新聯誼賞花時的照片。

「雖然很像，但這不是那天信封裡的照片。」

還一臉純真地補了一句：

「而且他拿的不是酒啊。」

我端起咖啡想啜一口，手卻使不上力。因為杯子不夠傾斜，結果半口都沒喝到就放回原位。

我必須好好吟味他說的這句話。

思索了幾十秒後，我確信沒問題。

放心，他會老實招的。

九賀蒼太應該會好好坦白自己的罪過。

「九賀，你說你對酒沒興趣，對吧？但這可是一般人都知道的東西呢！」

「什麼意思？」

「這是酒，叫思美洛的酒。」

九賀蒼太似乎還搞不清楚是怎麼回事，以為我只是單純嘲笑他的無知，就像他不曉得發泡酒和啤酒不一樣。只見他難為情似地苦笑：

「是哦，這麼有名啊？」

「是啊。至少袴田、矢代和森久保都知道。」

他一聽到這三個名字，臉上瞬間抹上一點陰鬱。只見他的態度越來越警戒，只是還不太清楚我此行的目的。

「你已經分別見過他們？」

「嗯，」我頷首，「你是最後一個。」

「所以……這是什麼意思？」

「我說懷疑袴田是騙人的，我認為你才是真正的犯人。」

「原來如此，我被騙了。」

「是的，就像那天的你。」

我緊張得有如雕刻時，準備下第一刀的心情，畢竟每一刀下去都無法回復，不可能再回到原先的氛圍、狀態、對話。一旦踏出第一步，就必須毫不畏怯地前行。總之，不能在此退縮，我一臉嚴肅地盯著他。

「如果想聽我懷疑你的理由，我可以詳細說明。但不希望你再裝傻了，請你坦然面對八年前那件事，坦白一切。」

九賀蒼太露出一抹自嘲的笑，思索什麼似地雙手交臂。看起來像要坦白一切，也像在找藉口替自己辯駁。已經點燃火種，引爆完成，再來就是等著看失衡的大型建築物究竟向右還是向左傾倒。我祈求似地等著他開口。

其實推理非常簡單。

細想犯人之所以特地從「未使用照片」一欄裡挑選品質差的照片，只有一種可能性；之所以選擇麒麟拉格啤酒，而不是思美洛的理由，就是犯人不知道思美洛是酒。

小組會議那天，波多野祥吾看到照片的瞬間肯定就明白了。這是從自己參加的社團網頁挖出來的照片，但他同時也很疑惑，為什麼要從未使用照片裡挑選？那時和我進行了相同推理的波多野祥吾卻得出錯誤的結論。

求職活動過程中，只有我表明不會喝酒。犯人是個不懂酒的人，所以犯人就是嶌衣織，這是他的判斷吧。

——雖然清楚知道犯人是誰，但事到如今，也不打算追究了。

已解開一個謎。雖然被冤枉的感覺不好受，但我能理解他的推斷，如果可以的話，真希望能向他解釋，可惜沒有任何能與亡者交流的方法。

不會喝酒的人，只有嶌衣織，就連當時的我也是這麼認為；但其實不然，還有一個人也是滴酒不沾，所以單憑不會喝酒一事就斷定犯人，未免稍嫌草率。

就算是平素不喝酒的人，看到思美洛的瓶子也會意識到是酒類飲品。就像即使不感興趣，大部分人也能區別小型車與一般房車的不同，也多少知道電吉他與貝斯不一樣。但如果是連啤酒和發泡酒都分不清的人呢？我的猜測成了確信。他掉進我努力設下的小陷阱，無意間迸出的一句話驗證了所有假設。

——他拿的不是酒。

我手上的牌，僅此一張。

明白犯人是誰後，我又重看影片，注意到好幾個點。

好比突然出現在會議室的那個神祕信封。照理說，謹慎的九賀蒼太應該會打內線電話，通知人事部處理，他卻比誰都先逕自拆封。

為什麼這麼做呢？因為要按照他設定的正確順序打開信封。

「另外，九賀蒼太的照片在森久保公彥的信封裡。」這句訊息煽動森久保公彥為了自身利益想打開信封。已經被告發的袴田亮也會因為沒什麼好失去的，而想打開信封，被告發的矢代當然也會想反擊。待三四張告發照片陸續公開，被害者成為多數派時，贊成打開所有信封的意見就會占上風，會議也就被迫繞著信封打轉。

但要是打開的順序不一樣，可就不是這麼回事了。假設最初打開的是波多野祥吾的未成年飲酒照片，眾人恐怕就是一笑置之吧。波多野祥吾也不會遭受什麼衝擊，大家也就會傾向處理掉這種無聊的爆料信封，所以九賀蒼太精確計算如何分發、活用信封。

再者，森久保公彥和矢代翼的信封裡都有威脅他們謊稱行程的第二張紙，九賀卻沒有任何發現第二張紙的動作，也只有他不是受誰的指示而開始推論拍照的時間點。還有，最早發現照片右上方的雜訊圖案，以及左下方的黑點也是九賀蒼太，促使大家討論偷拍的時間點也是他。

之所以一直誘導會議朝向對自己有利的方向進行，卻沒被懷疑是犯人的理由很簡單，一是因為對於我們來說，他從那場會議開始之前就已經是不可動搖的領導角色，二是因為告發他的照片大大影響他的評價，所以大家都認為他不可能拿到內定資格。

九賀蒼太這麼做，一點好處也沒有。

不管怎麼樣，經過事後各種驗證，怎麼想犯人就是九賀蒼太。然而，種種驗證還是不出「我認為」這三個字，唯一決定性的根據依然只有他那句不小心露餡的話。我對於袴田亮、矢代翼、森久保公彥，也設了同樣的陷阱，他們都認出那是思美洛，當然也知道那是酒。雖然這是不爭的事實，卻也是不夠強而有力的證據。

無奈證據只有這麼一個。

九賀蒼太沉默了好長一段時間後，終於鬆開交臂的雙手，輕快地拿起冰咖啡，用吸管啜了一小口，滿面笑容地攤了攤手。露出開朗表情的他最先迸出的一句話就是：

「那又如何？」

我耐著性子，等他繼續說下去。

「該怎麼說才好呢？好難哦。」

他又喝了一口冰咖啡，望向遠處。想說他可能是工作累了，想讓眼睛休息一下吧。循著他的視線望去，看到方才那群求職生。他們應該是大四生吧，一群男女明明坐在咖啡廳，卻沒有大聲嬉鬧，也沒有聊得很起勁，像是扮演著各自的角色，一直用不自然的恭謹口氣交談。

「我知道嶌這麼做的目的。」

他在等我肯定或是否定的回應。我像是被掐住喉嚨般，一時慌了。就在我為了掩飾慌亂心緒，整理被風吹亂的瀏海時——

「事到如今，你不會是想向在天國的波多野道歉吧？」

沉住氣。

我安撫自己，慎重思索這句話的意思，他無疑是在自白。我鬆了一口氣，看來已經順利通過第一關；但現在開始才要破解真正的疑問，以及此行的真正目的。我輕咳一聲，雙手握住咖啡杯。

「九賀，你為什麼這麼做？明明拿不到內定呀！」

「所以我才說很難說明啊。」

「……你到底想說什麼？」

「我根本不在乎拿不拿得到內定。」

「那……你的目的只是想羞辱波多野嗎？」

「別這麼說，不是這樣。該怎麼說呢？當時太年輕了。所以真的很難解釋……不過硬要解釋的話，就是很不爽吧。沒錯，就是這樣。」

只見他有如掙脫枷鎖，爽朗神情中帶著些許羞怯。

「我之前不是說過嗎？求職期是混亂期。現在的我就算會那麼想，也不會付諸行動吧。但那時不一樣，回過神來就已經行動了。現在想想，那時的輕率真不值得稱讚。如果能穿越時光回到那時，我會勸自己放棄那麼做。但是，我不否定當時的憤怒與『憤恨』。求職是幾年前的事了……八年還是九年前？我到現在還是認為那時萌生的『憤恨』並沒有錯，只是怒火越燒越旺，一時控制不住。」

「到底什麼事讓你那麼憤恨?」

「所有啊!所有的事。我說過,我和當時很要好的朋友一起報考 Spiralinks,結果他在第二輪就被刷掉了。」

九賀蒼太這麼說時,突然豎起右手的食指。我以為這是他說話時的習慣動作,但似乎不是,只見他的右手食指微微上下動著,原來是指他身後的超高層大樓。

「我現在的公司在那棟大樓的二十八樓,今年是創立第四年,員工超過二百三十人,雖然還沒上市,但也達到上櫃目標了,去年業績也突破三百五十億。公司創立人是川島和哉,對這名字沒印象也無所謂,總之他真的是個很厲害的傢伙,從大學時代就嶄露頭角。我們在同一個研究小組。不管是發表研究報告,還是引導出結論的過程、思考邏輯,不管做什麼都很厲害,簡直是個跟怪物沒兩樣的男人。明明是文科男,什麼應用程式設計、簡單的程式設計都難不倒他,根本就是十項全能啊。我從來不會想和他比較,因為越比只是顯得自己越遜。

「當他問我要不要一起創業時,我真的好高興。男人啊,就是成天想著自己比別人優秀還是遜的愚蠢生物,總會抱著不想輸給別人的競爭心態,所以同窗也有可能是競爭對手。唯獨他例外,雖然我們是同學,他卻是我永遠的憧憬,也是我最尊敬的人。」

不懂他在說什麼的我一臉困惑。

「還沒聽懂嗎？」

九賀蒼太開心地笑了。點了兩次頭之後，喝了口咖啡，雙肘撐在桌上。

「第二輪面試被刷掉的朋友就是他。」

我反射性迴避他的視線，不知道目光要落在何處的我先是看向左邊，又瞄向右邊，然後無意識地摸摸鼻子。

「你可能不相信我說的吧，」九賀蒼太深嘆一口氣後說，「就某種意思來說，這就是一切的開端。」

傳來好大一聲「欸」的感嘆聲，當然不是在附和九賀蒼太，而是那群求職生突然拉高分貝。聽不清楚他們說些什麼，只見男生不知在雄辯滔滔什麼，女生則是假笑地誇張頷首。

我像要逃避什麼似地喝了口咖啡。

「更令人難以置信的是川島落選，我卻不斷晉級。原來我比川島優秀啊！我可沒有因此自我陶醉，因為川島真的很優秀，我們都覺得他很像賈伯斯。也許你會覺得就算能力再強，要是人格有缺陷也不怎麼樣，但我敢斷言，他是個非常有魅力的人。不說川島的事了。總之，當時這件事讓我萌生一個很大的疑問：『企業真的有選到優秀人才嗎？』其實說穿了，最根本的問題就是：『求職活動真的有發揮效用嗎？』」

九賀蒼太一口氣喝光剩下的咖啡。

「我不知不覺地晉級到刷掉川島的 Spiralinks 面試最後一關。光是這件事就足以證明求職活動根本沒有發揮效用。不過，我承認那時身處求職混亂期的自己以偏概全，應該更冷靜、慎重地了解之後再斷定吧。

「參加最終選拔考試的成員聚集在澀谷總公司的那天，每個人看起來的確很優秀，實際交談後，感覺也不差。但就我個人看來，沒有一個比得上被刷掉的川島。碰巧那天我和高中同學聚會，話題自然會繞著求職活動的事打轉。我說自己已經晉級到 Spiralinks 的最後一關，正在和這樣的成員一起為小組討論做準備。結果有個高中好友臉色驟變地說：『這傢伙就是那個啊！專門搞直銷詐騙的騙子。』

「我驚訝的同時，也有種看好戲的心態，果然我們當中有人是人渣啊！不過啊，我馬上意識到不只有搞詐騙的人渣，我不也是嗎？就像那個打棒球的大個子——叫袴田是吧。就像他說的，我是個不負責任的混蛋，不折不扣的『殺人犯』，於是心中的憤恨越來越烈，人事部居然刷掉那麼優秀的人才，讓兩個人渣一路闖關到最後，加上那天聚會的『醒酒瓶騷動』，更確立我的想法沒錯。」

「……醒酒瓶騷動？」

「嶌，你應該還記得吧。我們聚在一起開了幾次會後，大家相約聚餐那次。細節已經不記得了。總之我那天有事，比較晚到。我還記得那間店不是學生愛去的便宜居酒屋，而是類似氣氛還不錯的西班牙酒吧。那時我們已經混得比較熟了，聚在一起多少喧鬧也是理所當然，但我到的時候，目睹到的光景還是讓我作嘔。興頭來多喝幾杯，醉了難免情緒亢奮，這我都能理解，但他們居然把醒酒瓶擺在不會喝酒的你面前，還誇口說今天一定要讓你喝個夠，這讓同樣不會喝酒的我真的很無言。怎麼會做出如此幼稚、沒品的行為，實在太低俗了。一身西裝，裝得一副優秀社會新鮮人模樣，骨子裡就是個愚蠢大學生，不是嗎？」

「……有這種事嗎？」

「忘不了啊！那種詭異光景。要是你真的不記得，肯定是因為被灌到什麼都不記得吧。就是那麼醜陋的一場聚會。總之，聚會結束後不久，收到最終選拔考試方法變更的通知。我再三看著那則通知，下定決心要教訓他們。我要證明這六個人都是不值得留在最後一關，不折不扣的人渣……向誰證明？當然是向無能的『人事部』還有這個『社會』。

「不是我誇張，我當時堅信人事部是整個公司菁英中的菁英，只有極少數人才能被分派到這部門。現在想想，根本就是個笑話，不覺得嗎？他們在求職生面前擺出一副高高在上的態度，要是不這麼做，怎麼說服我們，是吧？可是進了公司後，我很驚訝人事部在公司的地位，根本沒人覺得這部門有啥重要，算了……不想再說下去了。只要想到這群無能的人掌握著生殺大權，我的殺意就越來越強烈。明明不懂得識人，卻擺出一副看透別人的傲慢態度，虧我當時還拚命揣摩他們的心思。就像我之前說的，還以為會有個像漫畫裡頭那樣創新、不可動搖的指標，一個不會出錯，能夠確保絕對正確的絕招。

「但根本沒有，怎麼可能會有。我覺得這是個不得了的循環。學生為了進公司而撒謊，管人事的也不會明說公司不好的一面，滿口謊言，吸引學生來應徵。面試這檔事根本不可能看透一個人，以致於有問題的學生也能順利拿到內定資格。結果學生進來後，發現公司根本沒當初想像的那麼好，錯愕不已；另一方面，學生的表現不如預期也讓人事很錯愕。今天、明天、今後，這樣的循環不停持續下去。說謊、被騙，不斷生出莫大的挫敗感，這就是當前的社會體制囉。我真的很憤慨，所以才會做出『那件事』。

「我當然知道做那件事也無法改變這個社會，頂多讓 Spiralinks 的人事驚訝他們挑選出來的最後面試者竟然是這種咖。但我還是必須做，因為當時的我是個厭惡社會體制的憤青。川島被刷掉後，我對 Spiralinks 也不感興趣，反正那時我已經拿到四間公司的內定了。於是我決定調查你們的背景，越查就迸出越多醜事，上網搜尋情報，唆使受騙者去學校堵森久保，在照片上加工雜訊圖和黑點，請人作證拍攝時間是波多野沒有任何行程的那天，動了各種手腳。會議那天我之所以主張處理掉信封，沒有利用信封搧風點火，是因為這樣才能激化你們關注信封，揭發所有人的醜惡面……結果就是除了你和波多野之外，其他人都原形畢露。

「總之，我當時真的很蠢，現在想想，真不懂自己到底在幹麼。但當時的我可不這麼想，一心覺得自己是正義的化身，只想控訴這個漏洞百出又愚蠢的社會體制。對於當時腦子混亂，身為求職生的我來說，這才叫『公平』……好了，換你說了。嶌，你覺得呢？」

始終沉默不語的我只覺得呼吸困難，靜靜地用手帕擦拭脖子上的汗。我想若無其事地回應，卻發現喉嚨微微發顫。想說喝口咖啡掩飾緊張，但杯子早已空了，一時慌得很難堪。

「……什麼意思？」

「你不是去見了久違的那些人嗎？那些參與最後一關的人。」

「那又如何？」

「印象有變嗎？」九賀蒼太露出演員般帥氣的笑容，這麼問，「都過了八年，你還覺得他們很厲害、很優秀嗎？我是覺得不太可能啦！因為包括我在內的六個人都是人渣。為了讓波多野背黑鍋，我放進信封的是賞花的照片，但我確實有挖到他的黑歷史就是了。放心，我們六個人都不是什麼好東西，當然——」

他停頓一下，面露爽朗笑容說了句：

「也包括你囉。」

我必須說些什麼才行。

無奈喉嚨就像塞了顆塑膠球似地，發不出聲音。明明有想說的話、該說的話，卻吐不出半個字。我嚥了好幾次口水，張開嘴，卻只能深吸一口氣，就這樣反覆這動作。不行，不能再這樣下去。我下定決心，狠狠地瞅著他。

「我的——」我小心翼翼地開口，不讓話吞回肚子裡，「我的信封——」

「真是嚇一跳呢！」九賀蒼太打斷我的話，他仔細打量盛著冰咖啡的杯子，「想不到你是會做那種事的人，自己應該心裡有數吧。」

「信封內容……」

「當然不是空的囉。我是不知道波多野為什麼說是空的，就走掉了。我保證信封裡頭絕對有東西，也還記得是什麼樣的內容，我家還有備份照片呢！要是當時曝光了，不曉得會怎樣……你的內定資格大概就飛了吧。那麼，又是誰會拿到內定資格呢？」

「還給我。」

九賀蒼太把杯子放回桌上，一臉詫異，像是聽到不曾聽過的語言般瞅著我。

「要是有備份的話，請還給我。如果不行的話，至少告訴我，波多野帶走的信封裡頭到底裝了什麼。」

九賀聽到我這番話，微笑回道：

「你的目的果然是這個啊。」

我毫不退縮地瞅著他。

但他像是突然失去記憶，忘了我的存在似地，一直做著無意義的各種舉動。不是擦掉杯子上的水滴，就是雙手拉扯裝吸管的紙袋，再不然就是閉目養神，伸手按著眉間；抑或是摳掉手指上的髒東西，嘆口氣，瞄一眼手錶。就在我著急地再次開口時——

「還用問嗎？當然不可能。」

頓覺視野扭曲，一顆心漸漸萎縮，意識逐漸遠去的我，用僅剩的力氣讓自己不至於從椅子上滑落。

九賀蒼太抓著杯子，站起來。

「嶌，你之所以能拿到內定，可是託我的福呢！在那場互揭瘡疤的小組討論，你可是唯一全身而退的人呢！多虧那封信，才能拿到內定資格，所以就原諒我幹的蠢事吧。畢竟讓你背負這個業才是真正的『公平』，不是嗎？」

他朝垃圾桶走去，因為腳步過於輕盈，還以為他扔掉杯子後會再走回來，沒想到九賀就這樣走向辦公大樓。起碼也該打聲招呼吧。坐在離他十公尺遠的我有此莫名期待，但他還是頭也不回地走了。

有種一切劃下句點的感覺。

我必須追上去，叫住他才行。明知如此，我卻沒有體力，也沒有心力從他那裡奪回信封內容。懊惱與痛苦以殘酷的高溫燒炙我的心，只能一動也不動地怔在原地。

「我對自己的洞察力很有信心，也擅長自我分析。」

傳來像是透過麥克風發出的鮮明女聲。想都不用想，聲音的主人就是坐在隔壁的求職生。一身套裝的女學生臉上有顆遠看也很清楚的淚痣，挺直的背脊，毫不掩飾滿腔自信地雄辯著。

「無論是自己還是公司，只要打開心房，好好看著周遭一切，就一定能掌握什麼。其實管人事的人也沒那麼壞心眼，求職真的沒那麼恐怖，也沒那麼辛苦。」

我默默瞅著她的眼睛，還有那顆淚痣。

❖

我幾乎沒有任何回公司後的記憶，反正沒人關心，也沒人斥責，雖然有點在意遲歸的說詞是否順利過關，總之一切的記憶都很模糊，也無所謂了。渾沌意識稍稍清醒時，已經晚上十一點了，雖然還有末班車可搭，但我沒信心能走到車站，所以決定坐計程車返家。不知為何，總覺得自己像個旁觀者般思索這些事。

突然，我有股必須馬上聯絡波多野芳惠的使命感，遂掏出手機。當我意識到這個時間點不適合打電話時，已經接通了。我趕緊為自己的失禮道歉，她一點也不介意。

「沒關係的，我都很晚睡，」她回道，「已經知道密碼，打開那個檔案了嗎？」

「那個嘛……還沒有。」

我告訴她，真正的犯人是九賀蒼太。仔細想想，對於波多野芳惠來說，犯人只要不是她哥哥或是我就行了。是誰都無所謂，所以我根本沒必要打這通電話。果然她只是隨口回應：「原來是那個帥哥啊。」讓我開始對自己這通深夜急電，深感歉意。

她似乎察覺到我的心思，說了句：

「太好了。找到犯人了。」

「……是啊。太好了。想說跟你說一聲，不好意思，那麼晚還叨擾。」

「沒拿回信封內容嗎？」

「……咦？」

「聽聲音感覺你有點消沉。」

頓時有種被識破的不尋常緊張感。就在我不曉得如何回應時，波多野芳惠安慰似地說：

「嶌小姐，你很在意吧。因為知道信封內容是什麼，所以怎麼樣都想拿回來，不然怎麼會那麼積極調查好幾年前的事。信封裡到底裝了什麼？即使過了那麼多年，還是急著想拿回來，是對你非常不利的事嗎？過往的汙點對現在的你來說……」

「我不知道。」

不知是沒聽懂，還是沒聽清楚。波多野芳惠「咦」了一聲後，便沉默不語。

「我不是因為知道內容而害怕，而是完全一頭霧水才害怕，真的很害怕。」

我一直認真地活著。

從小到大，被誇獎的次數遠超過被斥責的次數。考進頂尖高中，上了一流大學，進入知名企業工作；雖然最終選拔考試遇到意料之外的騷動，但我還是順利進了大公司，努力工作，力求表現。我應該是個好人，也期許自己是個好人，相信自己是個好人。

但是，有人可不這麼認為。

倘若波多野祥吾拿走的信封不是空的……我不止一次想像這個可能性。要是信封裡裝著對我的告發，那會是什麼？我不斷思索，甚至因此徹夜難眠。我到底做了什麼會被告發的事？每次我都拚命安慰自己沒事，不要擔心。既然犯人波多野祥吾說信封是空的，那就是空的，嶌衣織沒有做過任何壞事，但現在顯然不容許我如此妄想了。

當時還是個求職生的我，打從心底信賴、尊敬留到最後一關的那些人。果然能夠一路闖關到最終選拔考試的人就是不一樣，大家都很優秀，親切又體貼，我有幸成為這個小團體的一員。雖然這想法頗幼稚，但我深信他們是最棒的夥伴。所以當信封逐一揭開他們不為人知的一面，我的世界彷彿倒轉般，深受衝擊。

小組討論時，我哭著力勸大家不要打開信封，因為我不想再被誰背叛了。每當一封封信開啟時，都讓我痛得像是刀子劃過皮膚。波多野祥吾坦承他是犯人時，我的心完全碎了。信任別人的腦迴路因為過熱完全燒斷。

歷經兩個半小時的小組討論結束時，我的人生也起了劇變。不單是因為拿到Spiralinks的內定資格，離開會議室的我再也無法相信任何人，也不相信自己。

每個人的內心都藏著「信封」，只是小心翼翼地不被識破。

當然，我也不例外。

「嶌小姐……？」

我想起還在通話中，趕緊說聲掩飾沉默的抱歉後掛斷電話，計程車繼續疾駛。閉上眼的我又開始胡思亂想，只好一直凝望窗外流逝的街景。

❖

「嶌，方便談一下嗎？」

隔天一進辦公室，就被從身後走來的經理叫住，鈴江真希也跟在一旁。有股不好的預感，卻又不能不理睬。

「就是之前跟你提過協助面試的事……」

哪是之前，都已經是好幾個星期前的事了。怎麼還沒解決呢？我有點不耐，但一味拒絕又沒什麼說服力，只好懇切仔細地又說明一次手邊正在處理的醫院案子。

「沒錯，就是這個。」

「什麼意思？」

「我想到一個很不錯的點子。」

經理像在介紹新產品似地指了指鈴江真希。

「想說可以從你現在負責的三間公司中，撥個兩間給未來的生力軍鈴江負責。」

我頓時怔住，半晌說不出話來。開什麼玩笑啊！倒不是說只有我能勝任，而是這些關係都是我一步步構築出來的，要是關鍵時刻交接出去的話，只怕對方無法放心。若是交接給經理等級的主管還說得過去，竟然是交接給剛進公司，還在研習的新人，對方肯定很錯愕吧。醫院業務分工之細，遠超乎我們的想像，無論是多麼瑣碎的工作都有不同的窗口相互支援、確認，必須溝通的對象更是超乎想像的多，所以光是看到堆積如山的名片就很頭疼。經理真的打算把這種工作交給新人？「收到貴公司的委託與報價單，待敝公司確認後回覆，還請稍待。」光是這樣的郵件就能花上一個半鐘頭處理，真的能把如此複雜的工作交給她嗎？

「鈴江這幾個星期以來一直很努力，我也會從旁指導，就當作是鍛鍊新人的機會吧。」

經理最擅長的膚淺誇讚，卻讓鈴江真希開心地頻頻頷首，真是敗給她了。儘管我面有難色，試圖拿回工作，經理卻說就這麼決定了，當作給我個面子吧。所以我只能目送他們離去。

顯然我吃了一記敗仗。開始與醫院接觸是幾年前的事呢？一回想就覺得好心痛。

不是惋惜我的功績被搶，若真要搶，我也認了，反正耕耘醫院這塊業務也撈不到多大好處。只是覺得這樣下去，所有人都會後悔，不管是我、經理，還是接手工作的鈴江真希。

我想起前幾天訪談時，鴻上對我說的話，趕緊封鎖記憶，告訴自己絕對不能回想。

不一會兒，經理把擔任面試官的日程，以及人事部主辦的事前說明會資料轉寄給我。那瞬間，我清楚想像自己面試別人的模樣，坐在面試官的椅子上，在學生面前擺出法官的嘴臉。

——明明不懂得識人，卻擺出一副看透別人的傲慢態度。

我的手突然顫抖，趕緊逃進洗手間，「沒事的、沒事的」不斷安撫鏡中面色憔悴的女人。你一直以來都很順利，一定沒問題的，只要一如往常冷靜、沉著，這次一定也能克服。無奈鏡中的女人沒給好臉色，「被一點都不了解自己的你鼓勵，根本一點說服力也沒有」，語畢，鏡中的女人痛苦地瞇起眼。

偏偏今天還有心情不好時，絕對不想出席的活動，那就是稍微遲了些舉辦的鈴江真希歡迎會。歡迎會是晚上七點開始，但我忙完工作，抵達居酒屋時已經晚上九點了。反正也沒人期待我的到來吧。只見大家醉醺醺地喧鬧，鈴江真希在一旁鼓掌。不想破壞氣氛的我儘量和顏悅色地為自己的姍姍來遲道歉，坐在最尾端的位子，點了一杯茶飲。

中途加入的我跟不上大家的話題，只想喝喝茶，勉強應付到結束。經理問起現在的年輕人喜歡聽什麼樣的音樂時，風向稍稍改變。主角鈴江真希一派理所當然地率先宣稱自己喜歡相樂春樹，滔滔不絕地稱讚他的音樂與人品有多好。

相樂春樹確實吸過毒，但最近才揭露他之所以吸毒的理由，著實令人同情。他最初吸毒是在紐約進修音樂時，同伴起鬨「不抽大麻的傢伙不是朋友」，但他悍然拒絕。他認真的態度惹惱當地的音樂人，於是趁他表演結束後，醉得不醒人事躺在沙發上睡覺時，偷偷從他的靜脈注射海洛因。

僅僅注射過一次便無法擺脫的海洛因，迫使他從此過著與毒癮搏鬥的日子。害他染上毒癮的友人不斷向他推銷毒品，為了擺脫痛苦的他只好吸毒。無論精神再怎麼堅毅，一旦染上這玩意兒，便很難擺脫。回國後的他持續吸毒，結果十年前被爆料吸毒，遭到不明究理的輿論大肆攻訐。現在的他成功戒毒，還擔任反毒宣導活動的志工。

鈴江真希說這些話時，明顯一邊偷瞄我。她裝作是在說給所有人聽，其實是說給質疑相樂春樹人格的我聽。要是平常的話，我會敷衍回應「是哦」、「原來是這樣啊」、「真是不好意思」之類，反正這種情形已經上演好幾次了。

但我今天實在忍不住了。

就在她誇說相樂春樹是個顧家好男人，行動不太方便的妹妹來東京念書時，他悉心照顧同住的妹妹時——

「你從哪裡聽來這些事？」

啊，我忍不住脫口而出。雖然深感後悔，但真的被逼到極限，就像被折斷的螢光棒無法復原般，一旦開口，心裡的話便宣洩而出。

「你又沒見過那位歌手，不可能聽他親口說出這些事吧。也沒見過他和紐約朋友相處時的情形，不是嗎？」

迎新會的氣氛尚未澈底崩壞。前輩只是想對剛進公司的新人開個玩笑罷了，這時還處於可以這樣解釋的氛圍。但鈴江似乎決心說服我，一臉不服氣地說：

「這是事實，不管怎麼想，他肯定是個好人。我希望前輩不要光憑印象就隨意評斷一個人。」

「什麼叫做好人?」

其實別再跟她辯就行了。我冷靜分析的同時,也掩飾不了自己的臭臉,此刻在這裡的是想欺負弱者的自己,與快哭出來的自己。我無法原諒鈴江真希毫無根據的說詞,抑止不住從喉嚨迸出的話。

「不管再怎麼努力蒐集情報,找到的也只是冰山一角,不是嗎?」

找些方便自己解讀的情報,自行彙整後就以為很了解這個人,不覺得太武斷了嗎?這和十年前那些只憑「吸毒」這詞,就漫天罵人的傢伙有何分別?你知道這個人背地裡都在幹些什麼嗎?你絕對不知道。他說不定大搞婚外情,迫使別人墮胎。即使見面、聊天,一起生活,卻發現自己完全不了解對方——世上多的是這種事啊。你有多了解他?你能完全看透他?我連自己都搞不懂自己啊。

我沒有將這些話說出口。要是衝動地脫口而出,肯定看不到笑著向大家說再見的鈴江真希。我目送笑容滿面的鈴江真希離開後,懷著抑鬱心情坐上計程車。

❖

「Spiralinks從四年前開始採團體面試,五項加總計分的徵才方式。這在說明會上已經說過。」

現在的人事部長是三十幾歲的女性。因為公司人不算多，所以我對她有些印象，但工作上沒什麼往來就是了。

她將寫著「Check Sheet」的單子發給坐在長桌旁的我們三人，隨即開始說明。

「下午一點開始，學生們會分成四人一組進來，每組限定三十分鐘。聽完四位的自我介紹後，再由平石先生、岩田先生、嶌小姐依序提問。基本上，只要不違反社會道德，可以自由提問。要是不知道問什麼的話，也可以從事先準備的提問單挑選自己想問的問題。

「關於五項評分，第一項是Attitude，第二項是Intelligence，第三項是Honesty，第四項是Air，第五項是Flexibility，每項分別是以滿分五分計算，請將分數寫在『Check Sheet』。此外，如果有讓你認為『不管別人怎麼說，我都希望這個人能晉級下一關』的學生，請標記◎。基本上，這位學生將無條件進入第二輪，但一個人只能打三次◎。同樣地，要是有讓你認為『不管別人如何評價，都不希望這個人晉級下一關』的學生，請打×，那麼這位學生就會無條件淘汰。此外，雖然不太可能出現這情形，但還是先說明一下，如果同時出現◎和×，原則上以×優先。

還有其他不清楚的地方嗎?」

我想問的問題只有一個,那就是「如何才能看清一個人」。因為是動不動就愛撂英語的公司,所以評分表乍看頗難理解,其實翻譯後不過就是「態度」、「智力」、「誠信」、「個人特質」與「適性」,各項目滿分為五分,其實很簡單,簡單到令人傻眼。

這世上還有比這更簡單,卻又複雜的工作嗎?

心臟怦跳到肩膀微晃,桌上的五百毫升茉莉花茶已經空了。好想喝點什麼,也想去趟洗手間。

「……好睏哦。」

「我也是。」

「昨天那場遊戲的直播不是出了點意外嗎?」

「是啊。除了我以外,所有業務都忙著處理這起意外呢!所以啦,根本不是搞這事情的時候。」

「提不起勁啊。」

「就是啊。」

他們兩位分別是ＬＩＮＫＳ和手遊部門的業務主管。看來他們倆應該挺熟的，我和他們倒是沒有任何交集。他們起先還很親切地找我說話，見我反應冷淡後，也就不再理會了。

當我還是學生時，也曾無數次坐在對面的位置。當時的我堅信自己的一舉一動都會受檢視，成為扣分的理由，所以一秒也不敢放鬆，始終繃緊神經。但實際上又是如何呢？坐在這裡才知道面試人員的配備，所謂的道具，也就是武器，只有一張標著五個項目的評分表，而且判斷基準全憑個人感受。講白了，就是「隨我高興」，毫無標準可言，而且擔此重任的人居然在抱怨好睏、提不起勁。

我手上這支人事準備的原子筆因為手汗掉了好幾次，正想說再去一趟洗手間時，門外傳來行軍般的腳步聲。一回神，才發現第一批學生已經進來了。就像在玩找碴遊戲般，一樣是短髮、膚色白皙、身形瘦削、一身黑西裝的四名男學生一字排開，露出像是面對蓋世太保般緊張的表情，連我們也感染到他們的緊張。

從結論來說，我這兩小時彷彿身處地獄。

「我在大學主修社會心理學，培養出捕捉人心的能力。我相信自己一定能為貴公司有所貢獻。」

他是來參加朗讀比賽嗎？用不太自然的口氣朗誦事先背好的臺詞，不好意思，無法給什麼好評價。適性給「一」，智力也給「一」吧。其他能力肯定也不高。

「我在校期間非常投入社團活動，曾經擔任選美比賽的主要幹部，所以舉凡企劃提案、運作，活動後的檢討改善等，都具有PDCA[3]概念，相信進入貴公司後，一定能馬上在工作上有所表現。我在校期間負責籌劃的活動超過五十個。」

雖然是個口條不錯，長得也挺一表人才的男學生，卻也因此顯得惺惺作態。一個學生有可能策劃超過五十個活動嗎？迸出PDCA這詞，只是為了討好面試人員罷了。再者，舉辦選美比賽的男人可信嗎？我不知不覺中，已在誠信這項寫上「一」，還有他那有點倨傲的態度也不行，所以態度這項也給了「一」。

「我在居酒屋當領班，也是義工團體的團長，要說領導力，我……」

這是第幾個說自己是社團代表了？總不會每個人都是什麼團體的團長吧。光是造假的經歷就讓人聽膩，偏偏還說自己是什麼居酒屋的領班、義工團體的團長，讓我本能上強烈抗拒，不斷在評分表上寫下一個又一個的「一」。

休息時間，人事來回收評分表。

「嶌小姐，可以請你分數打高一點嗎？」

「打高一點？」

「是啊。不然和其他兩位的評分落差有點大。」

人事主管給我看另外兩位的評分表，上頭並排著令人匪夷所思的「五」和「四」，甚至有被標記◎的學生。我無言以對。

這兩人到底是看到那群學生的什麼優點啊？我沒看到任何夠格晉級下一關的人選，難不成身處同一空間的他們其實是在給別的學生打分數？

「已經評過就算了。麻煩你接下來稍微拉高整體分數，這種事應該慢慢就會習慣了。」

這番安慰之詞在我聽來格外刺耳。評過就算了，這種事應該慢慢就會習慣了。這話可說得真好聽。原來如此啊，我可以慢慢適應，但是那些學生呢？接下來要接受面試的學生將會遇到我毫無意義的放水行為，那麼剛才那些學生呢？評分基準明明沒變，卻因為面試人員還不習慣就被評了個低分，這樣對嗎？

3. Plan-Do-Check-Act 的簡稱，即「循環式品質管理」。

我掌控著別人的人生，我用筆寫下數字的瞬間，就左右著他們未來好幾十年的人生。

「剛剛那個就讀學習院的女孩子，感覺還不錯。」

「岩田，你是喜歡人家的大胸部吧。」

「幹麼明說啊。不過，你知道的，有機會囉。」

這兩人根本沒長腦。我們掌握著學生們的命運，同時也在做著極為殘酷的事。這些傢伙毫無羞恥心嗎？難道沒有半點以身為通過重重考驗，才得以進入ＩＴ界最難進的 Spiralinks 自豪嗎？

我有。只是此時此刻，這股自豪感就像徒手用力剝開椰子，慢慢地被暴力剝開。原來我當初通過的試煉充其量就是這麼回事。

拼圖逐漸完成後，證明九賀蒼太所言不假。

——明明不懂得識人，卻擺出一副看透別人的傲慢態度。

然後，我拚命不去回想，腦中卻還是浮現訪談鴻上的後半段內容。

「我這兩天被安排當面試官，看來是沒辦法拒絕了。當面試官有什麼技巧嗎？好比能瞬間看透對方本性的祕訣之類？」

當時面對我的提問，鴻上回以微笑。

◆

第一位受訪者②

Spiralinks 股份有限公司　前人事部長——鴻上達章（五十六歲）

二〇一九年五月十二日（日）下午二點零六分

中野車站附近的咖啡廳

……嗯？這又是個有趣的問題呢！不過答案非常單純，單純到好笑。可以先讓我加點一下甜點嗎？我對鮮奶油完全無法抗拒……意外嗎？反正人啊，就是這麼回事囉。

「犯人」的廬山真面目也挺令人意外，是吧？

不好意思，我要加點一份鬆餅。是，麻煩了。好，沒關係。

對了，你剛說什麼……面試官的技巧和瞬間看透對方本性的祕訣，是吧？這個啊，簡單來說就這麼一句話。

沒有，根本沒有。

什麼看透對方的本性，我敢百分之百保證絕對不可能。覺得自己能夠看透對方的想法，本身就是一種傲慢。我在Spiralinks那時，有多少應屆畢業生來應徵啊？應該沒上萬，但我記得少說也有五、六千人吧。為數可觀啊！我的工作就是從中選出一位，五千分之一，選出最優秀的一位。用膝蓋想也知道，這種事連神也做不到啊！面試頂多一小時，這麼短的時間能多了解一個人？就算反覆面試個三到四次，也不過是三到四個小時，根本什麼也不了解吧。

我大學畢業那年進的是一間紡織廠。記得是我被分發到人事部第三年時候的事吧，當時的我年輕氣盛，一心想建立創新的徵才機制，但我馬上就知道世上沒有這種事。好比有公司喜歡那種吃魚吃得很乾淨的人，也有公司偏愛有禮貌的人，不然就是想招募擅長費米推論法的人，各家公司都有自己的一套徵才方式；但創新的徵才方式不出幾年就廢止，為什麼呢？因為發揮不了什麼效用，還真是可悲啊！

要是問我：「被刷掉的學生當中，是不是有更優秀的傢伙？」我敢保證百分之一萬絕對有。畢竟這不是學測，免不了有錯漏。這話只對你說，精神不濟時，報名表上的資料根本進不了腦中，加上晉級下一關的人數也差不多了。所以後面來面試的學生全都刷掉也是常有的事。萬一裡面有非常厲害的人，怎麼辦？要這麼想的話，就沒辦法做事了。當然肯定有，但又能怎麼辦？沒辦法啊。

相反地，如果有學生請我傳授面試必勝絕招，我的回答千篇一律，就是盡己所能準備，力求表現，但終究還是得靠「運氣」。就像沒有完美的學生，管人事的也是不完美的人，因為這世界本來就沒有所謂的絕對。

就像有針對求職生的教戰手冊，書店也有很多教導人事面試技巧的書，還有什麼吸引優秀人才上門的法則、面試提問的一百個技巧、避免踩雷的Q&A之類，你去書店逛一圈就知道啦。其實管人事的自己也不知道如何才能選出優秀的學生，如何才能看透一個人的本性，真的不知道。學生要是知道原來面試是這麼回事，肯定大受打擊，但事實就是如此。

自己出來創業以前，打死都不敢說這些話。擔任人事主管時，我們對學生來說，就是企業的吉祥物囉。就算撒謊也要讓他們對公司留下好印象。當然現在為了避免學生進公司後，感覺公司與自己想像的落差太大，開始出現許多主張人事部門不該說謊的論調，但大家多少還是會說謊啦。如何？我當時在Spiralinks擔任人事部長的表現怎麼樣？哈哈……現在自己想想都覺得好笑呢！當時我才進公司兩年。

公司想招募應屆畢業生，需要有人事經驗的人，我就這樣被挖角過去了。那時每天忙得要死，還要在說明會上擺出一副ＩＴ業界菁英模樣，努力介紹公司有多好，什麼我們的經營理念，我們的遠大目標，我們的未來。其實啊，我當時連社群網站ＳＰＩＲＡ都沒用過呢！但這種事可不能說出去，反正管人事的就是這樣囉。

很蠢吧？想想真的很蠢。

社會瞬息萬變，社群網站ＳＰＩＲＡ早就沒落了。什麼ＡＩ、雲端、行動支付、Ｏ２Ｏ、物聯網、科技奇異點，各種新詞不斷誕生，怕是也會很快一個個淘汰吧。唯有「求職活動」這件事，幾十年來都沒變過，面試、性向測驗、筆試，再來是小組討論。為什麼一陳不變呢？因為別無他法。

雖然常有人大力主張應該引進歐美的徵才方式，但那套方法也大有問題啊！根本是把人五花大綁，動彈不得的徵才方式。所以我們只能繼續使用這種愚蠢方式，每年持續進行這種愚蠢活動。

「雖然還沒決定將來要做什麼，但未來幾十年應該能有番作為。總之，選這種感覺還不錯的人就對了。」

這就是全體日本國民構築出來的愚蠢儀式，全體都是被害人，也是加害者，所以怎麼可能選出完美的人。你自己應該最清楚吧？無能的前輩，無能的後輩，這些傢伙到底是怎麼進公司的啊？總會有一兩個人讓你這麼感慨吧。其實這種人能通過選拔的理由簡單到有些可悲。

因為根本不可能確實選拔出優秀人才。

反正啊，都說到這分上了，我就老實跟你說吧。因為面試時間短到根本看不透一個人，所以為了解決這問題，我也想過要發明新的徵才方式。碰巧有個也是在管人事的朋友跟我說：「明明面試的時候覺得很優秀，怎麼一進來，開始研習後就發現根本不行啊。每年免不了都會選中幾個這種傢伙。其實啊，早在我們發現這個新人根本不堪用之前，他的無能就已經在同期新人之間傳開了。這道理就像比起老師，學生之間更了解彼此的個性吧。」

我心想原來如此啊。他的這番話給了我莫大啟發，那就是先將人數篩選到一定程度，再由學生自己去推選，會不會比較好呢？但畢竟彼此不熟，也不會主動打成一片，所以必須給予他們一個共同目標，那就是「要是順利達成課題，所有人都能取得內定資格」，等彼此熟識到一定程度後，我再通知變更選拔方式。

所以啦，我那時說「因為東日本大地震的關係，必須減少錄取名額」是騙人的，畢竟需要一個說詞，便謊稱是地震的關係。我本來相信一定會是一場精采的小組討論，但結果如你所知，竟然變成那樣……啊，抱歉。我由衷認為選你是對的，不是客套話，是真的。

有點離題了。啊，終於來了。鬆餅是我的，謝謝。嗯。鮮奶油給得很大方呢！看起來真好吃。

我先招了。要說我是從什麼時候有這習慣啊，就是像這樣——今天應該不止一次吧。每次我說話時，就會習慣用右手摸摸左手的無名指這裡，其實是因為原本戴著婚戒的關係。我不習慣戴戒指，總覺得有種異物感……覺得戴這東西很不舒服，就會像這樣摸幾下。現在倒是沒理由戴婚戒了。哈哈！明明手上沒戴東西，還是留著這習慣，好笑吧？

如何？你還認為世上有什麼能瞬間看透一個人本性的訣竅嗎？覺得人事能在那麼短的時間內選出最合適的學生嗎？要是可能的話，起碼還能留住戴在無名指上的戒指吧。至少我是這麼覺得啦！

3

「下次面試是下週一，再麻煩你們了。」

有種半條命都快沒了的感覺。

不想馬上回到工作崗位的我晃到茶水間啜杯咖啡，靜待心緒平復。無奈就像大量出血的撕裂傷不可能睡個午覺就復原，一兩杯咖啡顯然沒效。

我只好放棄，乖乖回座。瞬間以為心跳停止，而且衝擊之大，感覺所有日光燈都變成藍色的。

我的桌上放著一個信封。

像在對我呼喊，請我注意似地，放在鍵盤上這個最顯眼的位置，絕對不會漏看的位置，明明白白，象徵什麼似地擺著一個白色三號長形信封。

我倒抽一口氣，佯裝鎮靜，告訴自己沒事，其實內心早已確信。

這信封怎麼看都很像波多野祥吾那天帶走的信封，肯定是我一心想見到，卻又想澈底忘記的信封。為什麼它會突然出現？我用停止運轉的腦子拚命思索。難不成是波多野芳惠在老家的遺物中發現的？還是九賀蒼太寄來的呢？我像是毒性在體內發作般，渾身逐漸麻痺。

這下子，終於解脫了。不，是終於被殺了。

我用變得好冷的右手拿起信封，再用失去感覺的手指挾出信封裡的東西。

「Maxell Aqua Park品川・雙人暢遊券」

好像是客戶送的禮物。因為你不在，我就幫你放桌上了。鈴江。

我本想自嘲自己的妄想，卻連瞬間轉換表情的氣力都沒有。

坐在椅子上的我抱著頭。然後一次、二次、三次，一邊自覺沒必要撕成這樣，一邊又粗暴地撕了第四次，然後將信封扔進垃圾桶。

❖

起碼要知道那封信的內容。

現在不可能讓九賀蒼太吐實，所以要想知道信封內容的方法只有一個，那就是破解波多野祥吾留下來的壓縮檔。雖然不曉得是什麼樣的內容，搞不好是對我的連篇謾罵，也可能是與信封內容無關的各種調查，即便如此，它還是我唯一的希望。

——密碼是犯人喜愛的東西【限制輸入次數：剩下2／3次】

我喜愛的東西是什麼？我再次面對這個已經思索了幾十個小時的難題。「uso（謊言）」？「giman（欺瞞）」？寫在筆記本上的單字超過一百個，在只剩下兩次機會的前提下，覺得每個單字都缺乏決定性的根據。還是隨便挑兩個試試看呢？不行，要是錯了，就會永遠失去答案。我必須破解，怎麼樣都想確認檔案內容，因為唯有這樣，唯有這樣才能多少得到救贖。

我的手指一下子放在鍵盤上，一下子縮回來，不停重複這動作。好不容易戰戰兢兢地輸入幾個字，又馬上刪除。為什麼明明事關自己，卻如此猶疑不決。我厭煩進退維谷的自己，逐漸被逼至臨界點。放任自己將茉莉花茶空瓶朝牆上砸，瓶子掉在地上，發出超乎想像的聲音。我的行為好蠢，幼稚到不行，被自我厭惡擊潰的我好想死。

就在我拾起滾落地上的空瓶時。

一如數學題的答案恰恰是整數般，內心湧起明快又確實的感覺。我怎麼那麼笨啊！怎麼想都是這個啊。因為太切身，所以我一次都沒將其列為候選名單，但錯不了。這個從當時一直延續到現在的嗜好，而且是連周遭人也看得出來的嗜好，就是答案。我深怕拼錯，慎重輸入的單字是：

「jasminetea（茉莉花茶）」。

手指顫抖。

就要打開了。裡面是什麼呢？開啟以後，會有什麼變化嗎？還是一切照舊呢？堅信答案正確的我一時無法理解跳出來的視窗。

——密碼是犯人喜愛的東西【限制輸入次數：剩下1／3次】

不是已經破解了嗎？還是檔案跑到什麼奇怪地方了？呆滯一陣後，我終於理解發生什麼事。

輸入次數減少了。

密碼錯誤。

過於自信的我無法接受密碼錯誤的同時，也莫名焦慮。是不是只要輸入「jasmine」？還是「tea」才是正確答案？我想再輸入一次。無奈冷靜下來的我，一想到只剩下一次機會，輸入到「jasmi」時，便搗著嘴，狂按刪除鍵。不行，不能再錯了。

輕率輸入密碼的事讓我懊悔不已。只剩一次，最後一次，希望即將灰飛煙滅。我暫時遠離筆電，以防自己衝動輸入奇怪的字母組合，起身在屋內緩緩踱步，調整紊亂的呼吸。

踱步一圈後，我再次回到筆電前，目光落在茶几上的透明文件夾，裡面有徵才宣傳手冊。從波多野芳惠那裡接收文件夾後，我多次用到ＵＳＢ，也再三確認那把小鑰匙的用途，唯獨這本手冊一次也沒打開過，畢竟求職那時早已看膩了。

為了平復心緒，我拿起宣傳手冊，隨手翻了幾頁，正想放回桌上時，冷不防心頭一驚地盯著手冊，說是戰慄也不為過。進公司後，每天被龐大的工作量壓得沒空回顧過往，原來這本手冊綴滿令人難以置信的虛偽裝飾。每一頁從頭到尾都像灑了七彩沙子般閃耀生輝，什麼因為工作時間均衡，平日得以享受悠閒的傍晚時光，公司就像個大家庭般和樂融融，還設有可以一邊玩飛鏢、桌遊，一邊開會的會議室，等待我們的是最棒的職場生活。

的確有可以射飛鏢的會議室。公司遷至新宿後，雖然空間變小，還是在樓層一隅象徵性地設置這玩意兒；但我從沒見過有人一邊射飛鏢，一邊開會，基本上，我連飛鏢這東西也沒碰過。其實冷靜想想，一邊玩遊戲，一邊開會，怎麼可能有效解決工作上的各種問題。

這東西不過是一種廣告。

根本沒這種公司。

「Spiralinks 提供一處讓你【Grow up 成長】、【Transcend 超越】，蛻變成全新自我的場域。」

我懶得將手冊塞回文件夾，隨手扔在茶几上。看著宣傳手冊優雅地著陸，我就這樣倒頭癱在沙發上。本想閉上眼就這樣睡著，無奈空轉的腦子不允許我這麼做，因為越是想些無關緊要的事，腦子就越清楚，不想去想的事占據我的心，已經被逼至極限。要是就這樣隨著音樂悄悄淡出，從這世界消失的話，或許比較輕鬆吧。當我意識到自己的心已經崩壞時，手機突然震動，是鈴江真希傳來的郵件。

——致經理、嶌前輩

我一邊對她難得回家還加班一事，感到欣慰，卻又覺得這封郵件的主旨有些不妥，不免在心中對她隔空說教。郵件主旨是要簡單說明郵件內容，這麼寫只看得出是要發給我和經理，還得打開才知道內容。為什麼人事部在研習時沒有好好教導她呢？一想到這種事，我的心裡就湧起一股違和感。

我坐起來，盯著她那不知所以然的郵件主旨。

——致經理、嶌前輩

看到這主旨，應該沒人會誤以為嶌衣織是經理吧。如果沒加頓號，也就是寫成「致經理嶌前輩」的話，確實容易誤會；但加上頓號，就能明白經理和嶌衣織不是同一個人。

也就是說……

我再次拿起波多野祥吾遺留的文件夾。上頭用黑色馬克筆寫著：

【致犯人、嶌衣織小姐】

這是否也是同樣道理呢？我先入為主地認為這句話是「致身為犯人的嶌衣織」，但也可能是「致犯人與嶌衣織」。但真的有此可能嗎？波多野祥吾識破真正的犯人，犯人不是嶌衣織，而是九賀蒼太。雖然驗證假設需要時間推論、考察，但我決定省略瑣碎細節，試著假設這句話的意思就是如此。

試試看吧。我再次伸手探向筆電，直盯著輸入欄。

不是我，而是九賀蒼太喜歡的東西，既然如此，再簡單不過了。

連想都不用想，我的手指不由自主地動著。輸入四個英文字母後，我的手指擱在確認鍵上。

這樣真的沒問題嗎？我問自己。搞不好「jasmine」或「tea」才是正確答案。最後一次機會，真的要奉獻給這個未經驗證的推斷嗎？雖然有限制次數，幸好沒限制時間，我是否應該再花點時間驗證呢？

我用「NO」回應所有質疑，最後推了我一把的也許是心願，若真是這答案該多好，我才能得到救贖，希望是這答案，拜託了。我把最後機會寄託在這個字——

「fair（公平）」。

按下確認鍵的瞬間，畫面變了。開啟的壓縮檔裡頭存放著一個文件檔和三個錄音檔。迫不及待到忘了沉浸在驚訝餘韻中的我，趕緊點開文件檔。

看完後的我彷彿身處異世界。

顧不得現在幾點，我握緊塞在文件夾裡的小鑰匙，衝出家門。

◆

致犯人、嶌衣織（暫定）.txt

建檔日期：二〇一一年十一月十五日　晚上七點零六分

一回神，才發現那起事件已是半年多以前的事了。

仔細回想，我這半年來過得還真是窩囊。每天被爸媽叨念，找工作找得怎麼樣？不找了嗎？開什麼玩笑！現在不認真找，以後肯定會後悔。我卻始終提不起勁，或許這麼說很怪吧。我真的非常沮喪。

小組討論那天，從信封裡抽出的是我打從心底喜歡的人們，一些不為人知的過往。隨著會議進行，小組討論之前的夥伴關係有如謊言，我們之間出現一道悲哀的鴻溝。原本以為不會再有比這更糟的事了。但當我知道所有情報原來是為了把我塑造成犯人時，我被澈底擊垮，體無完膚。

看到告發我的照片那瞬間，我就知道誰是犯人，是九賀。照片一看就知道是從「步步」的網頁挖來的，但不知為何要用瑕疵照片。我的目的不是在說明推理過程有多精采，所以細節部分省略不談。總之，犯人肯定對酒不太了解。六名成員中有兩個人不會喝酒，一是嶌，但在ＰＲＯＮＴＯ打工的她不可能不認得伏特加酒瓶，所以犯人肯定是另一個不會喝酒的人，九賀。

其實一切早有預兆，就在大家聚會那天。九賀突然拉著我去洗手間，問我為什麼要讓不會喝酒的嶌喝酒。也難怪啦，畢竟他中途才來，搞不清楚是怎麼回事。我有點不耐煩地簡單說明後，沒想到九賀說：「我不喝酒，也不懂酒，所以搞不清楚Welch's是什麼酒，但不管酒精含量再怎麼低，也不該猛灌不會喝酒的人啊！」我愛開玩笑的毛病又冒出來了，結果就是笑到無法向他繼續解釋。

是我太失態了。只見九賀撂了一句：「不覺得你們真的很差勁嗎?!」他是真的生氣了。我趕緊解釋，但他不理會我的辯解，吼道：「我就知道！我對你們實在太失望了！」我們就這樣起了口角。

「你這話也說得太過分了吧?大家都是好人，都是很棒的人，九賀你也很清楚，不是嗎？」

「你什麼都不知道才會這麼說。」

「說我什麼都不知道，那你又知道什麼?」

「我不敢說我都知道，但至少我知道自己是個人渣。」

「又來了。你明明是我們當中最優秀的——」

「我是個搞大別人肚子，又逼人墮胎的人渣。」

就某種意思來說，我覺得這段對話是他下的戰帖，也是之所以選我背黑鍋當犯人的導火線，這就是他的清算方式。

小組討論進行到最後，識破真相的我或許應該戳破九賀才是真正的犯人。不論是否能挽回什麼，不論是否能拿到內定資格，從某種意義上來說，以公布真相為優先考量的態度才能稱為誠實吧。無奈當時的我無法這麼做，因為被殘酷的意外擊垮，除了驚怔之外，不知道要做什麼。或許，我心裡的某個部分還是想相信九賀。

我打從心底喜歡他，喜歡參與小組討論的每個人。

我在「步步」的夥伴、打工前輩的幫助下，總算重新振作，但已經是九月底的事了。說是振作，其實只是下意識地忘記小組討論那天的事，絲毫沒有克服心靈遭受的創傷，因為逃避是我的強項。

對求職一事死心的我當然不可能拿到任何內定資格，雖然只要努力一點，還是能在當年度找到工作，但我的內心還沒強大到能夠再次穿上黑西裝。經過一番思量後，我決定延畢，也就是延至二〇一三年畢業，所以央請老師讓我「留級」。

從今年度開始，求職活動情報網站延到十二月開放，準備時間頗充裕。那麼，要做些什麼呢？這時的我想起那場塵封在記憶深處的小組討論，決心再次面對它，藉此做個了斷，面對新的求職活動。

一切的契機就在於我突然想起某天的光景。

想起聚會那天的回家路上，矢代一屁股坐在博愛座上，還把包包擱在旁邊的位子；雖然這行為沒有嚴重到必須出聲制止，但畢竟是不太妥當的行為，可是我的腦子裡突然閃過一個念頭，或許這行為不是表示她有多傲慢，而是她的一種體貼表現？

以此為契機，我決定試著相信自己的判斷，相信那五個人都是好人，這樣不是很好嗎？也許九賀想藉由照片證明什麼，但說穿了，也只是幾張照片而已。小組討論歷時只有兩個半小時，但在這之前，我們在上野那間租借的會議室裡共度好幾個小時、好幾天、好幾個星期（想想，我當天在會議上好像也說過同樣的話）。他們沒那麼壞，我比誰都清楚，也很明白他們都是非常優秀的人，也是值得愛戴的夥伴。

雖說早已過了段時間，但我決定面對九賀那天下的戰帖。他既然調查出大家的醜惡過往，那我就調查這些醜惡背後的原因為何，不就得了嗎？如果能證明他們不是無可救藥的壞人，對自我要求很高的九賀肯定會豎白旗，感嘆自己過於偏頗，沒有識人的眼光。

從結論來說，這場對決是我「贏了」。不過，若是只寫出針對九賀準備的那些告發證據，而提出反駁的說詞也挺奇怪，所以我把三個錄音檔也一起存放在這個壓縮檔。裡面是關於袴田、矢代、森久保的珍貴談話內容，恐怕都是些九賀不知道的事實，希望有一天你能聽到。

最近我不時會想起嶌和我聊過關於月球背面的事。從地球只看得到月球正面，看不見月球背面，那麼月球背面會是什麼樣子呢？

根據調查，月球背面的地貌比起面向地球的這一面，有更多起伏、更多隕石坑。簡單來說，就是比較醜。就某種意思來說，信封裡的內容也是如此。

信封裡的東西無疑是我們的一部分，是平常看不見，也不想讓人看見的「背面」。除了爆料內容之外，沒有任何一句煽動性話語，這點倒是挺有一向重視公平的九賀作風。當我們看到信封裡那任誰都不願被別人知曉的一面，因此深感失望，扭轉對於當事人的印象，這道理就像知道月球背面有很多大型隕石坑，連帶地也改變了對於毫無關連的月球表面的印象。

當然，他們不是大善人，卻也絕非十惡不赦的壞人。

恐怕這世上沒有完美的善人，也沒有絕對的壞人。

收養流浪狗的是好人。

闖紅燈的是壞人。

捐款的是好人。

亂丟垃圾的是壞人。

參與賑災復興義工活動的人，絕對是聖人。

明明好手好腳，卻大方坐博愛座的人是沒有同理心的壞人。

再也沒有比單憑一面就論斷別人更蠢的事了。不是因為求職活動促使一個人原形畢露，而是這段期間讓人混亂，做出不知所以然的事。小組討論確實暴露大家的醜惡一面，但就像月球背面，只是很小的一部分。

我當然恨九賀，但不希望不曉得事情始末的人也認定他是壞人，所以不會在這個檔案之外提及犯人的名字。因為他是犯人的事就像月球背面，僅是很小的一部分。

所以我把檔案加密，只有知道犯人的人才能看到。或許有一天，這個檔案會被除了我以外，需要知道事情始末的人看到。

我不知道這一天會是何時，但待我成長到能坦然面對這件事，小組討論已然成了遙遠過往時，我一定會將這檔案傳送給九賀和嶌。在此之前，我先暫時存放在

USB。

致九賀：

你準備信封的行為非常卑劣，不可原諒。但對於你說自己是「搞大別人肚子，又逼人墮胎的人渣」一事，請容我說句話。

不是你的錯。

我見到她了。那個不得不放棄孩子的原田美羽。她流著淚，不停為你辯解，一直告訴我，不是他的錯、不是他的錯。你們之間的事，我就不方便在這裡提，也沒有留下訪談錄音，但希望你能原諒自己。你太嚴苛了，對別人、對社會，還有對你自己。畢竟一切都是你自己選擇的路，別人也無法干涉，只希望你多少能活得輕鬆些。

最後，致嶌衣織：

其實信封不是我準備的（既然已經破解密碼，看到這篇文章，表示你知情）。但如果你是看到這個檔案，才知道真正的犯人是誰，震驚不已的話，誠心向你致歉。

被你誤會是犯人，讓我很不好受，但我之所以沒有指出犯人而離去，是因為我認為讓始終心志堅定的你成為 Spiralinks 一員是最好的結局。我之所以堅稱信封是空的，也是希望你不要在意信封。或許是我多管閒事吧，但這是笨拙的我所能想到最妥善的處理方式。

不知道你因為那場小組討論而拿到內定資格的感受如何？但我確信，即使沒讓信封內容曝光，你也是最合適的人選。你在會議上堅持告發一事是不對的，在所有人被信封騷動吞噬時，只有你含淚獨自走在正確的路上。

有點擔心過於認真的你會因此鑽牛角尖，希望只是我在杞人憂天。因為你是我們選出來的內定人選，一定能在 Spiralinks 有所發揮，盡情展現你榮獲衿田獎最優秀選手獎的實力吧。或許我的話語起不了什麼鼓勵作用，總之加油，支持你。

我很煩惱要如何處理帶回來的信封。本來想說乾脆扔掉吧，卻又覺得不該擅自處理，所以決定先保管。你還記得我為了求職活動租了個倉庫存放資料嗎？求職活動結束後，我還是繼續租用。附上倉庫的鑰匙，你要看也好，扔掉也罷，隨你處置。上網搜尋「Lucky Storage 朝霞」就能找到地址。信箱號碼寫在鑰匙上，信封也儘量放在一眼就看得到的位置。我發誓從未打開過，但我相信無論裡面是什麼，都無損你的人格。

因為那不過是既優秀又耀眼的你，很小很小的一部分而已（這麼說好像有點噁心）。

雖然晚了一年，我將再次投入求職活動，努力進入不輸給 Spiralinks 的公司。和你們比起來，我更加覺得自己缺乏責任感，也對因為那件事的衝擊而消沉半年的自己感到羞恥。

總有一天，我會成長為優秀的社會人士，妄想著若能和你一起在 Spiralinks 共事該有多開心啊。

讓我們再用醒酒瓶乾杯吧。

我喜歡你，非常、非常喜歡你。

波多野祥吾

4

不知為何，我覺得現在的自己能奔跑。

已經多少年沒跑了？沒想到雙腳竟然能順暢動著，著實不敢置信。

奔出公寓門廳，右腳用力一踢，就這樣摔倒在人行道上，幸好沒摔疼骨盆，只是膝蓋留下大片擦傷。沐浴在往來行人驚訝目光中的我起身，走向車站打算搭計程車。當我邁開步伐時，大家才明白原來我是身障人士。

我出車禍是在大二那年。哥哥為了閃避闖紅燈的車子，突然踩剎車，卻還是無法避免衝撞。肇事者與哥哥都沒事，坐在副駕駛座的我因為有繫安全帶，所以沒有飛出車外，但猛烈的撞擊力促使我的膝蓋撞上儀表板，骨盆更是重創。

我受的傷都是車禍常見的重創，幸好骨折情形不算太嚴重，復健後走路不受影響，但跑步就……。我深感絕望，但看到哥哥比我更沮喪，反而促使我冷靜面對受傷一事。雖說肇事者不是哥哥，但他非常內疚，所以我能做的就是努力復健，儘量避免留下後遺症。就像醫生說的，走路不受影響，走姿也還算正常，但還是看得出來腳有殘疾，明顯與正常人不同，所以每次買鞋時，右腳就是要克服的一道關卡。

我來到大馬路上，剛好攔到一輛廂型計程車，上車時不用彎腰，就能減少下半身的負擔。我告訴司機「Lucky Storage 朝霞」的地址，用手帕不停擦掉膝蓋上的血。

波多野祥吾在檔案裡提到矢代翼坐博愛座的事，其實我不記得了。不過經他一提，似乎真有此事。有博愛座可坐，我當然想坐，但年輕人坐博愛座肯定會遭別人白眼，曾被斥責過的我從此不太敢坐博愛座。

既然波多野祥吾說有，那就應該真有此事吧。原來矢代翼為了讓我心無負擔，所以自己先大剌剌落坐。對於自己幾年前無視她的好意，深感抱歉。

看了波多野祥吾的那篇手記，我終於想起九賀蒼太說的「醒酒瓶事件」。

那天大家相約聚餐，矢代翼推薦自己常去的一間時尚風餐廳，森久保公彥負責預約。因為餐點價格偏高，本來想說稍微吃點東西，喝個一兩杯就行了。沒想到森久保和袴田亮到店後才知道因為沒溝通好，森久保不小心訂了暢飲方案，兩小時要花上六千八百日圓，這不是學生能夠負擔的價格。本想取消，但店家不接受當天臨時取消。森久保公彥相當自責、沮喪，一副隨時都可能自殺的模樣。於是，袴田亮在門口攔住我、波多野祥吾和矢代翼。

「抱歉，你們今天能裝出一副超想大喝特喝的樣子進去嗎？」他這麼說。

「什麼意思？」矢代翼不解地反問。

「怎麼說呢……森久保覺得是自己害大家要多花錢，現在超沮喪啊。所以啦，想說我們一起演齣戲。」

「我是無所謂，可是嶌不會喝酒吧？」

我發現店門口菜單上的暢飲方案也有提供 Welch's。不愧是高價方案，還準備了別的飲料。我比了個大拇指說，我沒辦法喝酒，不過要是把看起來很像紅酒的 Welch's 倒入醒酒瓶，這樣我就可以無限暢飲了。

「那就拜託大家了。森久保真的超沮喪，所以能喝的人就儘量多喝一點，沒問題吧？」

沒人嫌煩，因為大家樂於一起為夥伴打氣。

九賀蒼太問我時隔八年再見到當年那些人，印象是否改變？還說他們肯定還是一如既往的差勁吧。那時我應該反駁，卻沒有。

我和久違的袴田亮約在厚木的小公園碰面。週末白天，男女老幼坐在公園的長椅或是草地上享受悠閒時光，卻有一群小孩在打棒球，包括我在內，大多數大人都選擇視而不見；但是當球掠過坐在隔壁長椅上的老婆婆身邊時，袴田亮毅然起身斥責小孩，雖然他的口氣十分嚴厲，八成嚇到小孩了。然而，當原本溜掉的孩子紛紛回到公園時，只見他語重心長地告訴孩子們運動也要守規則，否則很容易發生意外。明明賺不到一分一毫，他卻犧牲自己的休息時間教誨孩子，還跑去附近的便利商店買冰淇淋給他們吃，告訴他們：「下次別再來這裡打球了。想學打棒球的話，可以來找叔叔。」說完就放他們離開。

矢代翼的愛馬仕包包從大學用到現在，雖然上頭有不少修補痕跡，嘴上嚷著想換個新的，但感覺得出她是個相當惜物的人，否則怎麼可能用到現在。

她創立的公司主要是援助東南亞開發中國家治水的慈善企業，雖然資金周轉吃緊，也賺不到什麼錢，但她秀給我看的宣傳手冊裡，滿是人們如花綻放般的笑容。

森久保公彥向我說明直銷詐騙手法如何運作，還自嘲自己犯下莫大罪過，幹了不可饒恕的惡行，明白真相的我勸慰他：「你也是被騙的受害者啊，不全是你的錯啊！」我是出自真心這麼說的。

他卻這麼回我：「被騙的人才有問題，一聽說有錢賺就自願上鉤的人才有問題，根本是自作自受。」

森久保公彥至今仍深感自責。

九賀蒼太也是。他還記得我的腳不太方便，特地把車停在身障人士專用車位，還有前兩天臨時改約一樓的咖啡廳碰面也是如此。他的確做了不該做的事，但要是因此否定他這個人，也太以偏概全。

還有波多野祥吾——不，波多野。你在手記裡寫說自己缺乏責任感，對自己很失望，其實不是你想的這樣。這八年來，我始終深陷被別人背叛的絕望中，你卻只花了半年就重新振作起來，不同於一直畫地自限的我，你選擇相信大家，度過困境。我應該向你學習，期許自己也能和你一樣學習相信別人。還有，你說自己缺乏責任感，你在胡說什麼啊？你可是進了日本最頂尖的ＩＴ企業，即使被淋巴癌逐漸吞噬生命，還是堅守工作崗位直到最後一刻，還能說這樣的你缺乏責任感嗎？

小組討論那天，為了不讓我在意信封內容，你選擇擔負罪名，宣稱信封是空的之後揚長而去。如今，你的那篇手記拯救我的心，對你只有無盡的感謝，能被這麼優秀的你誇獎，我真的很高興。

我下了計程車，眼前是堆積如山的箱子。走在倉庫內的我心想，這裡的規模還真大啊！走到最裡面一處倉庫規模比較小的空間，有著成排像是更衣室置物櫃的櫃子。我來到鑰匙上頭寫的櫃子前，用顫抖的手開鎖，隨即響起清脆的咔嚓聲。

裡頭的東西比我想像中還要多。我思忖著是不是該告知波多野芳惠一聲時，瞧見夾在櫃門後層架上的信封。

——波多野祥吾先生親啟

我好害怕伸手一碰，它就會像是幻覺般消失。紙張雖已些微泛黃，但的確是出現在那場小組討論的信封。我的手指伸進縫隙，感受確實的黏著感，如他所言，從未拆開看過。

我閉上眼，緊握信封，拚命思索該如何處理這封信。裡面的東西充其量只是一部分月球背面。波多野說的沒錯，不管裡面塞的是什麼，只是我這個人很小的一面，所以沒必要看，也沒必要在意。對我來說，趕緊撕碎扔了才是一種克服。

撕了吧。一切都將結束。

然而，當我打算動手撕毀時，卻意識到自己的意志沒那麼堅強。八年的時光讓封住的部分只要用手指一弄，便能輕易剝離。究竟會出現什麼？裡面塞的是什麼？八年來，我心心念念的答案就在這裡。我到底是個什麼樣的人？我究竟做了什麼？

我到底犯了什麼錯？

看著取出的紙張，我深嘆一口氣。

紙上只印著一張照片，是我剛好握住門把，準備進屋的照片。當然不是現在住的地方，而是就讀大學時，和哥哥同住的地方，照片也拍到前來幫我開門的哥哥。

嶌衣織的哥哥吸毒。嶌衣織的哥哥是歌手「相樂春樹」，兩人目前同住。

（※另外，波多野祥吾的照片在矢代翼的信封裡。）

這種事……

我被這種事折磨到現在……

現在已經沒人會批評哥哥了。但在九賀蒼太準備這些告發信那時，如果被知道我是相樂春樹的妹妹，勢必也會被質疑人格有問題，而且「兩人同住」這句話搞不好就是在暗示我也有吸毒。

一切的一切經過幾番周折後，又回到我手裡。那些受到報導影響而強烈抨擊哥哥的人們，還有那些知道哥哥之所以吸毒的緣由，轉而同情的人們……我和這些人

一樣，做著同樣的事，活到現在。

囤積近十年的眼淚不斷淌落。感覺夜風吹起時，似乎有人為我披上毯子。幸福的幻想讓我不由得露出笑容，仰望天空。

月色美得令人難以置信。

◆

【袴田的高中學弟「荒木祐平」.mp3】

是啊。確實有這麼一回事。

的確如報導說的，袴田學長擔任隊長時，球隊有人因為被霸凌而自殺。可是怎麼說呢？外人的誤解讓我們很懊惱啊！

其實自殺的不是受害者，而是加害者。

聽得一頭霧水，是吧？那我就從頭說吧。

死的是大我們一個年級的佐藤勇也。啊，袴田學長是三年級，佐藤學長是二年級，我是一年級，就是這樣。佐藤前輩啊，至少在我看來啦，是我見過最渣的人。

老實說，我連他長什麼樣都不想回想。

他長得不錯，娃娃臉，又很會假笑。我想球隊顧問應該不會討厭他吧。反正他很會拍馬屁。

這種只會逢迎上面的人，卻對底下的人有夠嚴苛。如果只是擺擺架子也就算了。他動不動就要求一年級加強練習，笑笑地說這是「洗禮」。每次練習完，他確認三年級學長都離開後，就要求我們留下來，強迫我們一直跑操場，不然就是做重訓臥舉，還要深蹲到倒下為止。最可怕的就是那個啦！我們叫做「地獄擊球」的玩意兒，大概相距五公尺左右吧，距離超近的，然後佐藤學長朝我們用力擊球。要知道硬式棒球的球可是很硬吔。在他玩到爽為止，勢必有人會成為犧牲品，甚至還有隊員被砸到眼窩骨折，可是在他的威脅下，沒人敢告狀。

他很瘦，其實三兩下就能打倒他。反正大家都很討厭他，大可以一起教訓他。可是怎麼說呢？像我們這種體育男就是做不到啦！因為學長對我們來說，就跟神沒兩樣。

可是我們遲早有一天會被這個神給逼死，所以我們幾個一年級的抱著必死覺悟，偷偷錄下地獄擊球的慘況，向袴田學長告狀。

袴田學長看過後，與其說是驚訝，不如說被嚇到。他想跟老師說，卻被我們拚命攔阻。因為要是這件事曝光，球隊肯定會被禁賽，明明錯的是佐藤學長啊。我們真的很尊敬袴田學長，他比任何人都認真練球，所以不希望因為這樣害他無法出賽。

「可是，還是要給那種差勁傢伙一點教訓才行！」

袴田學長把佐藤學長對我們的嚴苛訓練，原封不動地要他做一次，就是一般訓練之後，還要跑步、臥舉、深蹲之類；但比起我們受的酷刑，他可是輕鬆多了，只是一般訓練的分量而已。袴田學長雖然也有對他來場地獄擊球，但頂多是本壘奔向三壘的力道罷了。沒像我們被他操得那麼慘。袴田學長說要打到他吐血，其實力道根本不大，只是次數多而已。聽到袴田學長警告他從今天開始每天都要來練習時，真的是大快人心啊！從沒看過佐藤學長那副模樣，嚇到嘴唇發白，一直喊著我錯了，拚命求袴田學長原諒。

佐藤學長是隔天上吊自殺，真叫人難以置信啊！其實我多少知道他的心情啦！因為沒臉在球隊待下去了。可是誰又想得到他會自殺呢？還留了遺書，說什麼自己被霸凌。結果就是球隊被迫無限期停賽，被視為主嫌的袴田學長被迫退出球隊。實在太沒天理了。自殺事件爆發幾個星期後，我們幾個一年級的看佐藤學長的家人心情比較平復，聯名上書學校，還袴田學長清白。幸好當初有錄影存證，學校也相信我們的平反，袴田學長總算不會被退學、被迫退出球隊。所以怎麼說呢？雖然有人身亡，也是個遺憾。但我真的很感謝袴田學長，始終覺得他並沒有錯。

他雖然外表看起來有點可怕，其實人真的很好。之前去他家上香時，他明明很痛苦，還是笑著招呼我們。咦？你不曉得嗎？他父母因為那場地震……是啊。真的很佩服他。

他啊，雖然口頭禪是「大家覺得如何？」、「大家覺得要怎麼做？」給人感覺比較強勢，但他真的是個很有領導力的人。只是想討別人歡心時，會送點零食、冰淇淋什麼的……。還有啊，就是習慣出口成「髒」囉。

不過啊，嗯，我真的很喜歡袴田學長。

【矢代的高中同學「里中多江」.mp3】

怎麼說呢？小翼是那種求知欲旺盛、好奇心強，不服輸的人吧。就是很奇怪的女生啦！不過，我也沒資格這麼說就是了。

總之啊，要是她知道世上有她不知道的事，或是沒去過的地方、沒聽聞過的文化、常識，就會很不甘心呢！其實我也不是很清楚，就像「社會」這個大染缸成了她不願服輸的對象吧。所以與其說她有強烈的求知欲，不如說她希望自己知道的東西不輸給地球。大概吧。只是就我對她的印象，做的一點分析囉。

不過啊，小翼之所以是這樣的個性，我想多少與她在學校總是被「找碴」有關吧。到底是怎樣被找碴，她也沒跟我們說就是了。總之，她很厭惡學校這個「狹隘」、「無趣」的環境，所以她比較喜歡接觸學校以外的世界。比起和同學來往，她更想努力學習，拓展視野。當然，這只是我個人對她的觀察而已。

其實她之所以常被找碴的原因，百分之九十九是因為長相囉。不管是午休吃便當、上課、放學後，都有男生對她獻殷勤。大家暗戀的學長、同學都拜倒在她的石榴裙下，也難怪會引人妒恨。如果是個性比較圓滑的人，可能會想辦法閃避這些紛爭；但天性不服輸的小翼就是嘴上不饒人，別人說一句，她就會加倍頂回去。我倒是挺欣賞她這一點就是了。總之，她挺可憐的。之所以選擇念女子大學，也是想避開這種煩心事吧。

她上了大學後，可是如魚得水呢！每天過得超開心。可以學自己想學的東西，也可以把時間花在自己想做的事。每次約她出來，她都說有事。反正知道她過得很好，這樣就行了。她超厲害的，一次報名英文班、中文班、商業研習班，還有那個什麼……反正一次學習四種技能就對了。可想而知，比起時間，恐怕錢不夠用才是最讓她傷腦筋的事囉。

她來找我商量該怎麼辦，我勸她少學一點吧。她說不行。我就建議她去找個比較好賺的兼差來做。沒想到她隔天跟我說，她要去酒店工作。我笑了。心想她肯定做不下去，果然，老愛在客人面前聊男友的她不太受歡迎。

是啊。她一直都有男友，對方是高中同學，我也認識。就是個死要面子的男人囉。明明是個窮大學生，還硬是分期付款買了個愛馬仕包包送給小翼當作生日禮物。結果小翼氣到不行，罵他：「幹麼亂花錢！還不如用這錢出國玩！這麼貴的東西叫我拿也不是，丟也不是啊！」總之，吵歸吵，他們感情很好，一直交往到現在，明年會怎樣就不曉得了。哈哈哈！

總之，她每個星期在酒店上班兩次，時間到了就下班，絕不會跟客人出場。有一次我問她在店裡的排名，記得她說第十三名。我還笑她真是超沒人氣啊！明明長得那麼漂亮，八成是成天惹客人不高興吧。不過她說偶爾還能聽到有趣的事，所以這份兼差還不差。

她每次存了些錢就會出國。當然也很注重自己的外表，花在衣服、化妝品的錢也不少，但錢大多還是花在出國旅行吧。她出國可不是走什麼觀光路線，而是參加當地的義工團體活動，參加這種活動真的很累啊！聽她說還幫過當地居民挖井呢！所以我打死都不會和她出國，那種行程哪叫旅行啊！

反正小翼啊，就是那種不會刻意奉承別人的人，所以有時讓人覺得她很任性，脾氣有點大，也有點白目，缺點不少呢！

但我就是喜歡這樣的小翼，不覺得她其實人挺好的嗎？

【森久保的大學同學「清水孝明」.mp3】

他常說自己手頭很緊。

當然這是很個人隱私的事，他也沒說得很具體，所以我也不曉得他到底有多缺錢。只知道他來自單親家庭，父親在他很小的時候就去世了，還是離婚呢？我也不太清楚。總之，他是母親獨自拉拔長大的，不難想像家境並不寬裕。所以森久保拚死也要考上國立大學。重考一年的他沒有補習，居然還能考進一橋，真的很厲害啊！換作是我，才沒這能耐。他都是去二手書店 Book Off 買參考書，在家自己苦讀。

森久保說他高中是免學雜費的特別優惠生。一定的啊！能夠自學考上一橋的人，肯定很聰明囉。真心覺得他很厲害。要是能夠進Spiralinks，他就不用總是為錢發愁，可以過好日子，成了經典的勵志故事啊！可惜事與願違。不過他真的很努力，就算兼了好幾份差，功課還是很好，真的是很厲害的傢伙。

是我看到那張直銷詐騙招募說明人員的廣告單。

不是給自己找藉口，那張廣告單看起來一點也不會讓人起疑。單色印刷，超級樸素的廣告單就貼在公民會館，誰都會相信啊！我那時手頭也很緊，就問森久保要不要一起去試試，日薪給到三萬日圓吔。怎麼想都是個超好康機會。

其實上工第一天結束時，森久保就覺得不太對勁，不懂這種方式要怎麼營利。老實說，我對他們的運作方式也是一頭霧水。後來森久保直接去找負責人問清楚，沒想到被對方吼說小鬼懂什麼，不准他多問。我這時也才覺得不對勁，但我們第二天還是跑去，後來想想不妥，就直接跟他們說不幹了。

所以我們實際上也就只去了這麼兩天，連工資也沒拿到。所以怎麼說呢？我們的確犯了錯，但不管是我，還是森久保，我們都是被害者。我是那種不去想，就當沒這回事的人，可是森久保肯定受不了良心的苛責吧。想想他家的情況就知道了。

他對於騙別人的錢，肯定有著強烈罪惡感，所以他主動告知學校，說自己一時糊塗，參與詐騙集團，校方當然選擇保護我們，要我們別自責，可是這件事不知為何竟然傳開，還渲染得越來越離譜，說什麼我們在搞詐騙，所以那陣子我們在學校很不好受啊。

我真的很感謝森久保，如果不是他發現得早，我搞不好還一直在做糊塗事呢！雖然大學時代曾有一段時期很不好受，但多虧森久保，我才沒有淪為詐欺犯。

森久保很討厭撒謊，簡直到有點神經質的地步，所以我想他求職活動期間應該也不會謊稱自己的學經歷吧。他真的參加了十幾家公司的研習活動，還看了很多要去面試的公司的相關書籍。

要怎麼說呢？他不是那種個性開朗，很有活力的人，甚至有點討人厭，還很小氣。

可是我真的很喜歡他，他絕對是我最引以為傲的朋友。

5

「嶌小姐，你覺得我哥怎麼樣？」

我迴避波多野芳惠的提問，走下她租來的車子。看著從駕駛座下來，想追上我的她，那表情明顯是真心想知道而不是揶揄。雖然想誠實回答，但不知事實為何的我終究還是選擇閉口不談。

「事到如今也不好說什麼吧。」

波多野芳惠替我解圍似地輕輕頷首。

「但自從看了那支影片，就覺得哥哥很喜歡你。」

「……真的嗎？」

「感覺他只有在看著你時，眼神有點裝酷。」

「是哦。」

「錯不了。而且他不是一直投票給你嗎？」

「那又如何？」

「那場投票根本是在投給喜歡的人啊！因為喜歡你，才投給你。『覺得你很優秀』和『喜歡你』的界線可是很曖昧呢！」

哇！觀察力可真是敏銳。我佩服波多野芳惠的同時，帶著她來到櫃子前，從包包裡掏出鑰匙。她道謝接過後，打開波多野祥吾長期租用的櫃子。

「哇……塞得滿滿的。」

取回信封的隔天，我打電話給波多野芳惠，告知透明文件夾裡的鑰匙是她哥哥租用的倉庫鑰匙，裡面除了那封信以外，還放了各種東西，既然要整理遺物的話，最好連這裡的東西也整理一下。我的任務本該在遞交鑰匙時便結束，但想說還是陪她去一趟吧。還有週日下午的告別式，我也想參加，聊表心意。

波多野芳惠戴上工作用手套，仔細觀察櫃子裡頭。

「要是翻找出 A 片，怎麼辦啊？」

「好噁心哦。」

「就是呀！」她笑了笑，「我先把東西全都拿出來囉。不好意思讓你幹粗活，那就麻煩你看一下裡頭有沒有要丟的垃圾，要是無法判斷的話，儘管問我，我覺得絕大部分都是垃圾吧。」

「好的。」

從櫃子裡搬出各種東西，像是單肩背包、波士頓包，還有個應該連用都沒用過的托特包。就在我心想他的包包可真多時，又從裡面搬出各種書籍，有精裝本的商業書、漫畫、有點褪色的書。總覺得身為外人的我直盯著私人物品，實在不妥，決定專心挑選看起來可以扔掉的東西，發現有很多空的塑膠袋和乾掉的馬克筆。

「哇！原來在這裡，好懷念哦。」

最後的最後，從櫃子底部搬出一個大塑膠箱。波多野芳惠用雙手拉出時，看到裡頭滿滿的遊戲卡帶，不由得驚嘆。裡頭都是一看就知道有些年代的紅白機遊戲卡帶，雖然不可能拿來玩，卻又捨不得扔掉，賣了又覺得自己頗無情……只見波多野芳惠一邊喃喃自語，一邊走到稍遠處，想要擦拭滿布塵埃的塑膠箱。總算擦乾淨後，打開蓋子。

「嗯？這什麼啊？」背對我的她從箱子裡取出一片遊戲卡帶，「洋一？誰啊？」

「洋一？」

「卡帶上面有寫名字。」

波多野芳惠回頭，給我看卡帶上頭的名字。卡帶背面的確有個小孩子的稚氣字跡，寫著「洋一」這名字。

「八成是忘了還吧……他啊，從小就是這樣囉。」

「哈哈！」

我笑了。但不知為何，總覺得心裡掠過一絲不安。就在颳起一陣有點強的風時，閒候在一旁的我看向櫃子。裡面已經清空，垃圾也處理完畢，就在我心想沒什麼忙可幫時，突然覺得櫃子底部有點怪怪的。

底部鋪著木板，明明是金屬置物櫃，為何只有底部是木製呢？總覺得不太對勁。我緩緩蹲下，深怕傷到骨盆，伸手摸了摸木板，發現木板沒有固定，很容易取出來，積在底部的塵埃飛舞。

木板下方藏著一個Ａ４大小的白色信封。

我回頭瞧見波多野芳惠正在和卡帶上的汙漬搏鬥，背對著我的她正用抹布大力擦拭著。我之所以默默拿出信封，是因為上面的收信人名字深深誘惑著我。

——Spiralinks股份有限公司人事部　鴻上達章先生收

上面貼著郵票，卻沒蓋郵戳，也沒有封口。我再次確認波多野芳惠沒往我這邊看之後，取出裡面的信。

瞧見信中內容時，時間悄然停止。

敬啟者：

祝貴公司業務日益興隆。

關於之前貴公司招募應屆畢業生的最終選拔考試（小組討論）一事，還望貴公司考慮重新舉行。

我在小組討論會議上，被認定涉嫌做出妨礙其他候補者的不智行為，實屬冤枉。犯人並非我，而是九賀蒼太，我能證明此事為真，也對當下沒有立即反駁，深感懊悔並深切反省。

想必貴公司也很在意取得內定資格的嶌衣織，究竟要面對什麼樣的告發內容吧。所以隨信附上我當時帶走的那封信，還請過目（為了隱藏某件事，我選擇背負罪名，並帶走這封信）。在您確認內容後，倘若判斷嶌衣織不符內定資格，還望重新舉行選拔考試——

我閱讀至此，翻到信封背面，沒有寫上日期。

波多野祥吾是什麼時候寫這封信呢？又是什麼時候斷了寄出去的念頭？是在留下USB給我的之前還是之後？是在拜訪最終選拔考試成員的熟人之前還是之後？我正在解開不該知曉的宇宙祕密，有種碰觸禁忌似的不祥預感，決定不再思索。

讀著這封信的瞬間，我的心會像被踩踏的玻璃一樣粉碎嗎？幸好這般預感很快便消失。因為現在的我足夠冷靜，眼眶沒有泛淚，取而代之的是微揚的嘴角。這才察覺自己有多久沒自然笑過了。

我把信塞回信封，悄悄地扔進垃圾袋。

「剛才那個問題。」

「嗯？」

「你不是問我覺得你哥如何嗎？」我笑著說。

「哦～嗯。」

「我喜歡過他。」

波多野芳惠瞬間驚訝地雙眼圓瞠，隨即露出開心微笑。我再次向天國的他道謝。

謝謝你，波多野。不帶惡意，並非諷刺，也不是客套話，而是真心感謝你，波多野祥吾。一起在最終選拔考試奮戰的戰友，為哭泣的我披上毯子——佯裝好青年的腹黑大魔王。

❖

在公司餐廳吃完午餐的我返回位子時，剛跑完業務回來的經理帶著鈴江真希來找我。看著一臉得意的經理，還有忍不住偷笑的鈴江真希，我大概猜到他們想跟我說什麼，我也打算洗耳恭聽。

「我們的灰姑娘鈴江一舉拿下兩家醫院囉。」

我坦率地誇讚她，也對自己一直以來的不友善態度致歉，但她似乎聽得一頭霧水。

「多虧嶌前輩交給我的資料很詳細，我才能很順利完成任務。也很謝謝經理從旁協助，多虧兩位前輩的幫忙，謝謝你們。」

「下次一起去吃飯吧。」

「咦？可以嗎？太好了。其實我一直很想和嶌前輩聊聊呢！」

「謝謝。那我叫我哥也一起來吧。」

「……咦？嶌前輩的哥哥？」

「你見到就知道了。他不是壞人。」

一臉狐疑的鈴江真希對於我的奇怪提議似乎感到為難。我告訴她沒事，別擔心，還扮演起不聽別人說話的前輩，硬是和她約好時間。畢竟不給她這點補償，實在過意不去。反正哥哥不敢違抗我，就算他再怎麼忙，也會為我空出一小時。

那天下午三點，再次擔任面試官的我面前出現一位有點面熟的學生。

我不認識什麼女大學生，還是她長得像哪位明星，或是知名體育選手呢？我在心裡自言自語。實在好想知道為何會有如此強烈的似曾相識感。是我常去的商店店員？還是遠房親戚家的孩子？我搜尋著記憶。就在她用強而有力的口氣說明自身優點時，我想起來了。

「我對自己的洞察力相當有自信。」

左眼下方有個令人印象深刻的淚痣。

她是我和九賀蒼太在咖啡廳露天座談話時，看到的求職生。

雖然稱不上什麼奇蹟似的邂逅，但此番巧合讓我有些詫異。我再次端詳她，長得挺漂亮的，一雙大眼、皮膚很好、有雙令人羨慕的白皙纖細雙手，咬字如播音員般清晰，清楚又明快的表達能力，而且一點都不緊張。她像是要將自己深植在面試官腦中似地，毫不畏怯地直視我們。

「不管是與人會面，或是面對困難時，抑或是自身遭遇問題時，無論遇到什麼情況，我都有自信能做出正確判斷，我也相信這般敏銳洞察力一定能為貴公司貢獻力量。」

自我介紹完後的她面對一連串提問也對答如流，坐在我旁邊的面試官頗為滿意地頷首，他旁邊那位面試官提問時，顯然比之前都要認真。我在評分表上寫下高分「四」和「五」。

所有項目評分完畢後，還剩下一點時間，按照順序又輪到我提問。我第一次沒從準備好的提問單上挑選，而是提問自己想問的問題：

「敏銳的洞察力對於社會人士，或是身為人來說，都是一項很好的武器。我想，無論是對敝公司還是其他公司，這項武器都能帶給你莫大助益。」

「謝謝。」

「不過——」我慎重地停頓片刻，「很遺憾的是，這世上有許多擅長說謊的人。就算你堅信自己不會被騙，能看清一切——不，正因為有此自信，才會面對許多誘惑。不時會有那種只能用卑鄙來形容的謊言，或是你最信任的人、組織輕易說謊，這樣你還有自信運用引以為傲的洞察力，清楚區分各種大大小小的謊言嗎？」

「有，」她像是條件反射般立刻回答，挺了挺原本就很筆直的背脊說，「只要真心誠意看待對方說的話，就有自信不被虛假情報所惑。」

我微笑地說了句：「謝謝。」

我把她的話收進內心深處細細吟味、思量，讓這番話沁染全身，然後在她的名字旁邊打了個「×」。心想應該不會再見面的她臨走前，舉手說：

「我可以提問嗎？」

在人事部的允許下，她鞠躬後睜著無邪雙眼，問道：

「我看了貴公司的宣傳手冊，一直對可以邊射飛鏢、邊玩桌遊的會議室很感興趣。想請教各位都是在什麼時候使用那間會議室？以及使用頻率。如果曾經從這樣的會議室得到什麼創新點子，還請不吝賜教。」

包括我在內的三位面試官相互推諉地陷入沉默，因為誰也不想對相信送子鳥會帶來幸運的少女，說出殘酷事實。到底該堂堂說謊？還是戳破宣傳手冊的謊言？就在我們想以沉默掩蓋事實時，人事部的女職員開口：

「使用頻率要看各部門情況。不過因為這個體現公司理念，也就是自由討論才能自由發想的會議室很搶手，所以很難預約。至於是否有任何從那裡催生出來的創意，因為是公司內部機密，恕我們無可奉告。不過我敢說，要是沒有那間會議室，很多創意都無法誕生。」

擁有敏銳洞察力的她——終究沒能看穿人事部的高明謊言。只見她表現出旁人一眼就能看出來的興奮，露出戀愛中少女般的笑容說：

「謝謝您的寶貴回答。」

瞬間，我改變念頭了。

趕在人事部收回評分表前，我粗暴地擦掉×，改為意思截然不同的◎。兩極化的評價招來人事的狐疑眼光。也難怪啦，要是認為我沒有認真評分，我也認了。

「好了，就這樣。」

在她提出質疑前，我搶先說：

「我了解這種人。」

「了解？」

「嗯，沒問題的。她的人生或許會面臨各種難關，但我相信她一定能克服，而且肯定會有所成長。啊，好像不對。」

我不由得笑出聲，但我的確真心如此認為。

「她一定可以超越（Transcend）。」

附錄

求職報名表

ENTRY SHEET

Spiralinks　求職報名表

姓名	波多野祥吾	生日	（西元）1989年7月7日（滿21歲）
通訊地址	埼玉縣朝霞市岡3丁目	性別	(男)・女
電話號碼	048（452）XXX2	電子信箱	syo-go-poppo8@yahoo.co.jp
手機號碼	080（229）XX99	LINKS帳號	Syougo@syo_go8

年	月	學歷、經歷
2008	3	縣立川口文理高級中學　畢業
2008	4	立教大學　經濟學院經濟政策學系　入學（在學中）

◆特殊技能、興趣（請填寫所有欄位）

挑戰	音樂鑑賞	散步	名勝指南
閱讀（漫畫）	攝影	交朋友	收銀

◆請說明你的專長。

我認為自己挑戰事物的積極度比誰都優秀。

◆請說明你在學生時代最努力做的事。

不怕麻煩，勇於積極挑戰任何事物，面對大學課業的學習態度亦然；舉凡打工、社團活動、興趣等，以挑戰任何事物為目標而努力，不會因為覺得「好像很辛苦」、「反正不擅長，還是放棄好了」而服輸，積極挑戰的意志力絕不輸給任何人。

◆請說明對你來說人生中最重大的失敗經歷。

這回答有點彆扭就是了。我覺得自己沒經歷過什麼重大挫敗一事，就是現階段的失敗。如同上述，我勇於挑戰任何事物，慶幸的是一路走來，在各種領域都沒有慘痛的失敗經驗。無論面對任何領域的事物，都會事先調查一番的謹慎性格讓我遠離失敗；但我認為，苦嘗慘痛的失敗經驗也是莫大的人生財富。

◆請說明新進人員薪資50萬日圓的用途。

如果可以的話，想先向身邊一直支持我的人們表達謝意。家人就不用說了。還有打工地方的前輩，以及社團夥伴，希望能透過各種形式向他們表達感謝之意。個人認為，比起送禮之類，若能一起經歷有助於自我成長的體驗，應該會讓人更開心。

◆請舉出對你來說理想上司應具備的條件。

我認為是不斷力求突破的人。無論是面對各種麻煩事，還是情況順利時，都會不時探究原因、思考下一步該怎麼做的人，就是我心目中的理想上司。我也期許自己成為管理階層時，也能不斷努力，成為這樣的人。

◆進入敝社後，你最想完成的事情是什麼？

我想打造「全國民眾＝SPIRA註冊者」的世界。貴公司的主力項目SPIRA無疑是最優秀的社群網路服務。但我認為以此產品的實力，還有不少可以積極推廣的空間。為了將它發展為男女老少都能使用的服務，我想善用自己熱愛挑戰的心，以及了解「大眾心理」的感性，為貴公司的發展竭盡心力。

Spiralinks　求職報名表

姓名	袴田亮	生日	(西元) 1989 年 5 月 20 日（滿 21 歲）
通訊地址	千葉縣市川市市川南2丁目	性別	㊚・女
電話號碼		電子信箱	green_wave123@infoseek.jp
手機號碼	090 (5468) XX24	LINKS 帳號	Hakamada@haka_ryo

年	月	學歷、經歷
2008	3	縣立綠町高級中學　畢業
2008	4	明治大學　國際日本學院國際日本學系　入學（在學中）

◆特殊技能、興趣（請填寫所有欄位）

寒暄	運動（特別是棒球）	體力活	接待客人
料理	拉麵店巡禮	唱歌	書法

◆請說明你的專長。

從義工社團的活動和在居酒屋打工時的領班經驗，培養出的卓越領導能力是我的最大賣點。

◆請說明你在學生時代最努力做的事。

義工社團的活動。有時幫忙清掃垃圾，有時幫忙辦活動，還做過許多雜事，盡力找尋能盡份心力的事，全力投入活動。期許自己能讓別人展露笑容，為社會貢獻更多心力。

◆請說明對你來說人生中最重大的失敗經歷。

我覺得自己太晚接觸義工團體了。到了大二下，我才開始參與義工社團，與朋友們一起從事各種活動，也藉此體悟到時間有限，所以現在回想起來很後悔，應該更早參與這樣的活動才對。我認為自己的積極行動能為他人帶來幸福。

◆請說明新進人員薪資 50 萬日圓的用途。

這或許是無趣的答案，但現階段並沒有想到什麼特別的用途。為了成為貴公司的生力軍，勢必會有許多花費。不過，一想到這筆薪水能夠改善自己的食衣住，讓自己保持健康，維持在最佳狀態，便覺得應當謹慎使用，避免無謂的支出。

◆請舉出對你來說理想上司應具備的條件。

我覺得是能夠用背影說故事的人；口頭指示與行動力固然重要，但我認為比起這些，一個人究竟多麼有魅力才是不容忽視的關鍵，不管陷入什麼困境都讓人想支持他、跟隨他。我相信正因為是於公於私都值得尊敬的人，背影才能彰顯出自身人品，也是一種與別人產生良性互動的特質。

◆進入敝社後，你最想完成的事情是什麼？

我想讓每個人都綻放笑容。無論是公司內部還是外部，為所有人貢獻一己之力，臉上掛著幸福笑容，不但是企業主，也是身為人的使命。「這是個能讓人們幸福的點子嗎？」當我擔任領導者時，經常反問自己這個問題。為了看到人們的笑容而行動一事其實非常抽象，即便如此，將它視為人生方針是很有意義的事。要是有幸成為貴公司一員，我期許自己成為讓人綻放笑容的人。

Spiralinks　求職報名表

姓名	嶌衣織	生日	（西元）1989年10月6日（滿21歲）	
通訊地址	東京都新宿區上落合3丁目			性別 男．女（圈選：女）
電話號碼		電子信箱	s_iori@syukatsu.com	
手機號碼	090(265)0XX6	LINKS帳號	IORI SHIMA@iori_shima1006	

年	月	學歷、經歷
2008	3	縣立金澤清水高級中學　畢業
2008	4	早稻田大學　文學院社會學系　入學（在學中）

◆特殊技能、興趣（請填寫所有欄位）

閱讀（小說）	電影賞析	咖啡的知識	拉花藝術
找尋調味料	樂器演奏（木管樂器）	洞察力、判斷力	手腕柔軟

◆請說明你的專長。

我的敏銳洞察力不輸給任何人。我確信自己成為貴公司的一員時，這項能力一定能派上用場。

◆請說明你在學生時代最努力做的事。

雖然不是什麼值得誇耀的事，但我非常要求自我，精進學業，於大二時，拿到了GPA3.51的成績，同時也申請到學費減半的獎助學金。我主修社會學，不過也積極參與各種課程，每天都為了增廣見聞而努力學習。

◆請說明對你來說人生中最重大的失敗經歷。

國中時期在管樂社的挫敗經驗是讓我最懊悔的事。社團裡有些人很積極學習，有些人的態度比較消極，身為副社長的我沒能有效整合團隊，也是導致社團內部不和的原因之一；雖然最終我們為了同一個目標而齊心協力，漂亮奪冠，但我到現在還是反省自己當時應該早點和每位社員溝通。

◆請說明新進人員薪資50萬日圓的用途。

我想用於自我投資。進入公司之後，需要許多必備技能，除了語言能力之外，還有IT相關認證，期許自己能活用鑽研到的各種知識，不斷精進、成長。

◆請舉出對你來說理想上司應具備的條件。

我覺得就像是一起奮鬥的戰友。特別是在IT企業裡的組織，通常會被要求的不是由上而下，是由下而上思考。因此，不單是行使權利的管理者，也能視部屬為夥伴，平等對待是我覺得很有魅力的上司。此外，參與貴公司的說明會時，也實際感受到有不少這類型的員工。

◆進入敝社後，你最想完成的事情是什麼？

我想努力成為能夠幫助「地球變得更圓」的人。如同貴公司名稱「LINKS」的意思——只要持續進行人與人之間連結的工作，相信這個世界會像圓環、圓圈一樣，比現在更加緊密地連結在一起。當然地球已經是圓的了，若能成為貴公司的生力軍，相信自己能讓地球變得更圓。

附錄

Spiralinks　求職報名表

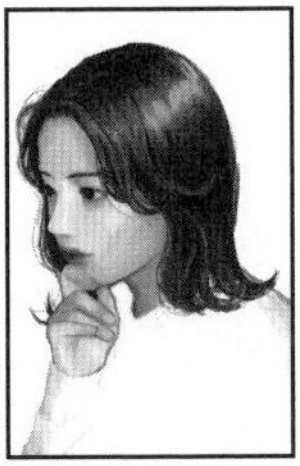

姓名	矢代翼	生日	(西元)1990年2月15日(滿21歲)
通訊地址	東京都江戶川區平井4丁目	性別	男·(女)
電話號碼	03(5875)5XXX	電子信箱	t-yashiro215@gmail.com
手機號碼	090(1255)XX21	LINKS 帳號	tsubashiro@tsubashiro555

年	月	學歷、經歷
2008	3	私立國分院高級中學　畢業
2008	4	御茶水女子大學　文教育學院國際文化學系　入學(在學中)

◆特殊技能、興趣(請填寫所有欄位)

外語能力	溝通能力	國外影集	旅行
小酌	上健身房	登山	戶外活動

◆請說明你的專長。

我對於自己的跨國溝通能力,以及在家庭餐廳鍛鍊出來的卓越應對能力,有著絕對自信。

◆請說明你在學生時代最努力做的事。

致力於認識這世界。我本來就很喜歡學習外語,後來發現沒有實際到當地走走,還是會有許多不了解之處,因而意識到自己應該積極出國看看;除了觀光景點之外,也會走訪住宅區和偏鄉地區,積極與當地人交流。

◆請說明對你來說人生中最重大的失敗經歷。

因為行前資料蒐集得不夠充分,導致我在國外遇到麻煩事。有一次去柬埔寨旅遊時,被販賣盜版名牌精品的詐騙集團盯上,在一頭霧水的情況下,被強迫推銷;雖然我窮盡外語能力溝通,總算脫身,卻也深切感受到沒有計畫的冒險,與因為無知而捲入事故之間,只有一線之隔。

◆請說明新進人員薪資 50 萬日圓的用途。

我想用來認識這世界。具體來說,就是能讓我出國的資金。隨著科技進步,世界迎來無國界時代。我想跨越國境、語言、文化等各種東西,親眼見證另一邊的事物,依照「自己→企業→用戶」的順序,推行擴及世界各地的活動。

◆請舉出對你來說理想上司應具備的條件。

我認為是擅長溝通這一點。不過,不單是能言善道,而是時常能理解對方的真實想法,還能俯瞰整體組織、掌握全局,所以必須具有溝通能力。指示別人該怎麼做的用字遣詞,往往一點細微差異便能促使別人加倍有衝勁。因此,我認為高度的溝通能力是在上位者不可或缺的條件。

◆進入敝社後,你最想完成的事情是什麼?

我想讓 SPIRA 能夠對應所有語言,將其打造成世界最大的社群網站;雖然業界中有許多強勁對手,但我認為 SPIRA 具有許多不輸給對手的魅力。特別是有了獨一無二的小規模交流功能,才能完美實現在廣闊世界裡擁有一方共享的小天地,如此矛盾的希望。為了讓 SPIRA 躍升世界舞台、成為最大的社群網站,期許自己能充分發揮自身的國際觀。

Spiralinks　求職報名表

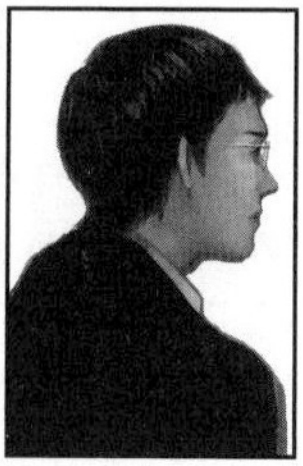

姓名	森久保公彥	生日	(西元) 1988 年 5 月 9 日 (滿 22 歲)		
通訊地址	東京都小金井市前原町 5 丁目			性別	男(圈選)·女
電話號碼	042 (316) XX57	電子信箱	morikubo_k@yahoo.co.jp		
手機號碼	080 (788) XX16	LINKS 帳號	Morihiko@morihiko0509		

年	月	學歷、經歷
2007	3	國分寺綜合高級中學　畢業
2008	4	一橋大學　社會學院社會學系　入學 (在學中)

◆特殊技能、興趣 (請填寫所有欄位)

閱讀 (商業書、IT 雜誌)	組裝電腦	情報蒐集	經營網站
背誦	閃電心算	電玩	發掘便宜午餐

◆請說明你的專長。

自認是個誠實又有責任感的人。熱愛真實與數據，憎恨謊言的態度始終如一。

◆請說明你在學生時代最努力做的事。

時時鞭策自己吸收新知，在時間運用較為彈性的求學時期，努力消化各種知識。除了課業之外，也積極接觸各種領域，累積知識。我並非炫耀自己的閱讀量，但單就商業類書籍來說，已經閱讀上千冊。從求職活動開始，把握每一次的機會，一共參加了 14 家企業的實習。

◆請說明對你來說人生中最重大的失敗經歷。

大學聯考時的挫敗。我重考一年，才如願考上第一志願。我發現自己原先的讀書規劃與方式不夠有效率，以致於求學之路走得並不順遂。雖說失敗為成功之母，我也重新奮起，但一想到還是繞了一段路，至今依然覺得有點遺憾。

◆請說明新進人員薪資 50 萬日圓的用途。

首先，想添購一套最新的電子科技產品，並非為了滿足物慾，而是有感於身為日本科技產業龍頭企業的員工，也該實際感受世界的尖端科技，所以我想購買學生時代無法擁有的設備，也想積極嘗試一些付費服務，讓自己對於這產業始終保持一定程度的敏銳度。

◆請舉出對你來說理想上司應具備的條件。

我想應該是經常喜歡「講道理」這一點吧。愛講道理有時會被視為缺點，但絕不是基於「那個人很差勁」，或者「總覺得這麼做很無謂」這種基於個人觀感提出的判斷。經常讓自己的行為和判斷「有理可循」，是我認為理想上司的必備條件。

◆進入敝社後，你最想完成的事情是什麼？

我想將 Spiralinks 打造成日本第一的資訊科技企業。這麼說有些失禮，貴公司的服務非常優秀，但也有些問題亟待改善，特別是首頁的設計實在缺乏使用直覺。對於 20 到 30 世代來說，貴公司的知名度為 76.5%，的確非常高，但對於 40 歲以上的族群來說，只有 16.5% 知名度，這是不容小覷的超低數據。因此，我想以「任何人都認得的日本第一 IT 企業」為目標，為貴公司發展成國際頂尖 IT 企業一事竭盡心力。

Spiralinks　求職報名表

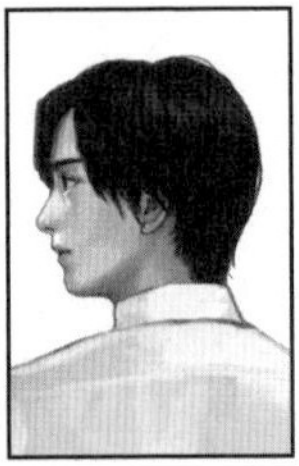

姓名	九賀蒼太	生日	（西元）1989年9月26日（滿21歲）
通訊地址	神奈川縣橫濱市戶塚區戶塚町	性別	㊚・女
電話號碼		電子信箱	k_souta08@keio.jp
手機號碼	090(8988)XXX4	LINKS 帳號	KugaSouta@SOUTA_KUGA

年	月	學歷、經歷
2008	3	秀勇館高級中學　畢業
2008	4	慶應大學　綜合政策學院綜合政策學系　入學（在學中）

◆特殊技能、興趣（請填寫所有欄位）

活動籌劃	司儀	籃球	演講
競技疊杯	用國旗猜國名	瀏覽網站	煮溫泉蛋

◆請說明你的專長。

我對自己的領導能力有信心。我督促群體的能力不輸任何人。

◆請說明你在學生時代最努力做的事。

我非常投入參與舉辦各種活動的社團。起先是和三位朋友一起成立專門舉辦活動的小型社團，後來於2008年12月，因為舉辦一場研討活動，而讓我們陸續又舉辦了好幾場活動。我們還活用SPIRA的交流功能，完成一場總參與人數達120人的大型活動。

◆請說明對你來說人生中最重大的失敗經歷。

高中時期，我在社團活動中受了很大的傷害。我隸屬於籃球社，二年級時因為第一次被選為正式球員而感到喜悅與責任感，因此我自己在表定時間之外勤奮練習。結果我的腿部韌帶竟因此劇烈疼痛，此後，我便無法盡情打球了。那種挫折至今依然刻骨銘心，也是我目前的動力之一。

◆請說明新進人員薪資50萬日圓的用途。

扣除基本生活開銷後，我考慮將剩餘的所有薪資投資股市。並非為了增加資產，而是想藉此挑戰投資這門課，期許自己以更慎重的目光看待社會發展。股價反映一間公司的評價，也代表社會的波動。一直以來，因為考量自己的經濟狀況，而不敢貿然投資，如果手邊有50萬日圓，我想試著以這筆錢，讓自己實際感受社會的波動。

◆請舉出對你來說理想上司應具備的條件。

我認為必備條件就是兼具靈活與頑固的特質。兩者看似相反，其實就是對於應該堅持的事情，堅持到底，又能靈活看待還沒有確切證據的假設。我認為對於在上位者來說，再也沒有比這更重要的素養吧。深受信賴，又能廣納別人的意見，就是我心目中最理想的上司形象。

◆進入敝社後，你最想完成的事情是什麼？

我想打造一處能夠親身體驗Spiralinks的設施。網路服務雖然與物質上的概念相去甚遠，但正因為貴公司是一個「實體」的存在，所以我認為能夠親身體驗貴公司的設備和空間是很重要的發展要點；雖是肉眼看不見的東西，卻能實際觸摸到。我熱切期盼以線上線下整合為目標，創造出能實際觸摸到的SPIRA。

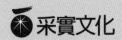

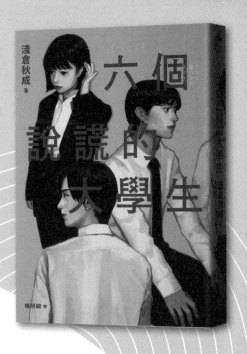

文字森林
READING FOREST
文字森林系列 028

六個說謊的大學生

六人の嘘つきな大学生

作者	淺倉秋成
譯者	楊明綺
封面設計	鄭婷之
內文排版	楊雅屏
責任編輯	陳如翎
行銷企劃	陳豫萱
出版二部總編輯	林俊安

出版者	采實文化事業股份有限公司
業務發行	張世明・林踏欣・林坤蓉・王貞玉
國際版權	林冠妤・鄒欣穎
印務採購	曾玉霞
會計行政	王雅蕙・李韶婉・簡佩鈺
法律顧問	第一國際法律事務所　余淑杏律師
電子信箱	acme@acmebook.com.tw
采實官網	www.acmebook.com.tw
采實臉書	www.facebook.com/acmebook01

ISBN	978-986-507-819-5
定價	430 元
初版一刷	2022 年 5 月
劃撥帳號	50148859
劃撥戶名	采實文化事業股份有限公司

104 臺北市中山區南京東路二段 95 號 9 樓
電話：(02)2511-9798　傳真：(02)2571-3298

國家圖書館出版品預行編目資料

六個説謊的大學生 / 淺倉秋成著；楊明綺譯 . -- 初版 . – 臺北市：采實文化事業股份有限公司 , 2022.05
320 面；14.8*21 公分 . -- (文字森林系列；28)
譯自：六人の嘘つきな大学生
ISBN 978-986-507-819-5(平裝)

861.57　　111004807

采實出版集團
ACME PUBLISHING GROUP